兄貴が素直に
可愛いって言ってくれた⁉
嬉しいぞーっ！
じつは
義妹《いもうと》でした。
5
～最近できた
義理の弟の距離感が
やたら近いわけ～
姫野晶
Himeno Akira
高校1年生。
役者への第一歩を
踏み出しつつ、
まだまだ甘えたい
義理の妹！

兄貴なら大丈夫、
きっと乗り越えられるよ！
僕がついてるし！

ありがとう、晶。
心強いよ、ほんと
真嶋涼太
Majima Ryota
高校2年生。
妹たちとプールに行ったり、
「お兄ちゃん」として
奮闘したり、大忙し！

こんな感じ――どうですか？
上田ひなた
Ueda Hinata
晶の友達で、
涼太の親友の妹。
おとなしい性格だけど、
水着選びで、
大胆チャレンジ？

水着流されちゃったの、
探してくださいよ――――っ！
西山和紗
Nishiyama Kazusa
お調子者な演劇部部長。
彼氏が欲しいお年頃。
プールでは涼太に
絡んできて……

初めてのバレンタイン、
楽しみにしててね？

……食べる？　はい――
月森結菜
Tsukimori Yuina
涼太の同級生女子。
クールな雰囲気だけど、
ちょっと不思議な性格。
じつは秘密があって…？

じつは義妹《いもうと》でした。5
～最近できた義理の弟の距離感がやたら近いわけ～

白井ムク

ファンタジア文庫

3297

口絵・本文イラスト　千種みのり

contents

第一幕　プロローグ

県大会準決勝、第四クォーター残り二秒、一秒──

ピィイイイ──────ッ！

ホイッスルの音が会場に鳴り響き──ゼロ。

途端にブゥ───ッとけたたましいブザー音が審判の笛に追いついた。

興奮気味の審判が右手の拳を高らかに上げてファールの動作をする。

そして指二本──

「白四番！　──ツーショット───ッ！」

審判が叫んだ。

そのとき俺はフロアに寝転んだまま天井を見上げていた。

降り注ぐライトの光が眩《まぶ》しい。

目を細め、右手で目庇《まびさし》をするように目を覆う──と、先に光が遮られた。

光惺《こうせい》が俺の顔を覗《のぞ》き込んでいるのが指と指のあいだから見える。

「頭、打ってねぇか？」

「おう、なんとか──な」

光惺に右手を引っ張られて俺は立ち上がった。

「止められたな。入れてりゃバスケットカウント《バスカン》だったのに」

「ああ。でもまだ終わってない──」

得点は五十六対五十八。

最後のシュートが決まれば同点、そして延長戦というこの場面で、俺は向こうの四番にファールされた。

もしあのまま入っていればバスケットカウントでフリースロー・ワンショット。

そのフリースローを決めれば逆転劇が起きた──と、漫画のような奇跡は起きない。

結果的にシュートは入らなかった。

けれどフリースロー・ツーショット──同点になるチャンスを得たのだ。

これを二本とも決めれば延長戦。

でも、一本でも外せば俺たちのチームの負けが確定する。

会場が興奮に包まれる中、光惺が二階のギャラリー席をじっと見ながら口を開いた。

「ま、すげぇプレッシャーだろうけど頑張れ……外すなよ？」

「プレッシャーかけんなよ」

やれやれと返すと光惺はふっと笑ってみせたが、すぐにいつもの無表情に戻った。

「……いけそうか？」

「まあ、ちょっとキツいけどな——」

選手はコートに俺一人、それと審判が二人。

強い緊迫と興奮が押し寄せる中、俺は一人、フリースローラインの前に立った。

「ツーショット！」

審判から一本目のボールを受け取ると会場が静まりかえる。

俯《うつむ》いて低めのドリブル三つ、息を止め、持ち上げ、シュートを放つ……

——成功。

会場からどっと歓声が沸き起こった。

これで五十七対五十八——あと一本決めれば追いつく。

「涼太《りょうた》先輩！　お願いっ！」

「涼太——っ！　気を楽に！　あと一本！」

ギャラリーからひなたと親父《おやじ》の声がする。
わざわざ応援に来てくれた二人のためにも、ここは絶対に決めたい。
――いや、決める！

「ワンショット！」
フリースロールーティン――そしてボールを額まで持ち上げた。
その瞬間――

「っ――!?」

バックボードの向こう側、正面のギャラリーが視界に入った。
心臓がドクンと跳ね上がる。
いけない。
見るな。
意識するな。
頭でわかっていても、心がひどく動揺したまま、ボールが指から離れてしまった。

ボールは緩やかな放物線を描いてリングのほうに向かう。

でも、わかっていた。

何千何万と打ってきた自分のシュートだ。

だから、嫌になるくらいわかっていた。

このシュートはきっと……


……

……き……

……にき…………──

＊＊＊

「──兄貴っ！」

「っ……!?」

はっとして目を開けると、そこは俺の部屋で、ベッドの上。

「兄貴、大丈夫!?」

「ハァ……ハァ……ハァ……」

心臓の鼓動が激しく、喘《あえ》ぐように呼吸していた。

全身が寝汗でぐっしょりと濡《ぬ》れている。

「兄貴、ほんと大丈夫？　すごくうなされてたよ……？」

薄暗がりの中、心配そうな顔の晶《あきら》が俺を覗き込んでいる。

嫌な夢を見た。

どうやら過去の記憶が夢に出てきたらしいが、しかし、なんで今さら――

「怖い夢でも見たの？」

「いや、大丈夫だ……今、何時？」

「まだ三時」

「そっか……――ん？　深夜の三時……？」

「どうしたの？」

「晶、どうしてこんな夜中に俺の部屋に……？」

「覚えてないの？」

「全然、さっぱり……」

どうして俺は晶と一緒に寝ているのか。少し混乱する。

「十二時くらいに兄貴が寝るって言って――」

「ああ、そのあたりはなんとなく覚えてる」

「一時くらいに兄貴はもう寝ちゃったのかな～って確認しにきたら――」

「うんうん、それでそれで？」

「なんかあったかそうだったし、ついでだから僕も一緒に寝ちゃえって思って！」

「あ、うん。じゃあ覚えてないのは当然……じゃなくてっ！　なんでお前は毎晩毎晩勝手に俺の布団《ふとん》に潜り込むんだ！」

晶は人差し指を顎に当ててしばし悩む素振りを見せた。

「う～ん……義妹《いもうと》だから？」

「んな理屈通るかっ！」

そのあと電気を点《つ》け、俺はベッドの上で晶と向かい合わせになって正座した。

こんこんと兄の布団に勝手に入ってはいけないと諭し、

「――ということで、普通兄と義妹は一緒に寝ない。わかったか？」

と、同意を求めたら、晶は「うん」と大きく頷《うなず》いた。

ようやく……ようやくわかってくれたか、我が義妹よ――

「じゃあ男女ってことならいいでしょ♪」

――はいダメですね。

そのあと説教の延長戦があったのは言うまでもない。

晶への説教が終わったあと、俺は寝汗が気持ち悪かったのでシャワーを浴びていた。

それにしても――と、きつく目をつむり、お湯を頭から浴びながら思った。

――なんで今さらあんな夢を見たんだろう……。

夢というよりも過去の記憶。

それも思い出したくもないもの。

洗い落とせないのなら、せめて過去を塗りつぶしたい。

でも、上から新しい記憶を塗るだけでは、どうやら誤魔化しきれないらしい。

せめて色あせてくれたらいいのだが、

忘れたい記憶はいつもひどく鮮明で、

忘れられない記憶にいつしか塗り替わり、

べっとりとこびりついて消えてくれない……。

第1話「じつは義妹と穏やかな日々が続いてくれればいいのですが……」

嫌な夢を見た翌朝、一月十一日火曜日。

「「いってきまーす」」

昨日は成人の日で、この三連休をいつも通りダラダラと過ごした俺と晶《あきら》は、多少重い足取りで家を出た。

「兄貴、今日から授業始まるね～」

「まあ、先週は始業式とかで午前だけだったからな」

「冬休みがもうちょっと長くても良かったな～」

「それは俺もそう思う」

晶と俺は同時にため息をついた。

先週の七日から三学期が始まった。初日は始業式とホームルームだけで、そのあと生徒は一斉下校。授業と部活が本格的に始まるのは今日からとなる。

冬休み明けの半日登校、そして三連休を挟んでからの今日――おそらくやる気が出ないのは俺たち兄妹《きょうだい》だけではないだろう。

まとめると、怠《だる》い。

身体《からだ》や気持ちがまだ休み気分で本調子じゃない。

――なんて、言ってもいられないか……。

「でもま、三学期は短いし、ちょっと我慢すれば春休みだ。定期テストも二月の頭に一回あるだけだし、ここが頑張りどきかもな？」

「うん！　じゃあ頑張るために兄貴にいっぱい充電させてもらおっ！」

「おいおい……」

晶は楽しそうに俺の腕にしがみついてくるが、正直歩きづらい。

それから少し歩くと、ふと晶は俺の顔を心配そうに見上げてきた。

「そういや兄貴、昨日どんな夢見てたの？」

「え？」

「うなされてたから本当に心配だったんだよ？　なんか怖かった……」

「ああ、あれか――」

俺は首の後ろを掻《か》いた。

「光惺《こうせい》が夢に出てきた。まさに悪夢だな……」

晶は「なにそれ」と言って可笑《おか》しそうに笑った。

それから他愛のない話をしながら有栖南《ありすみなみ》駅に向かった。

＊＊＊

電車の中、晶はぬくぬくと俺の胸に頬を当てている。

緊張を解《ほぐ》すというよりはどことなく満たされている表情をしていた。

「ふふっ」

「どうした？」

「幸せ」

「……そうか。俺は照れ臭いんだけどな？」

いつもの充電。これだけはずっと変わらない日課になっている。

――しかし、この人見知りの甘えん坊がもうすぐ芸能界の道に進むのか……。

なんだか感慨深い。

出会ったころはそんなことになるなんて夢にも思わなかった。

少し前から、芸能事務所フジプロAの新田亜美《にったあみ》さんからの連絡を待っている。

冬休み中に新田さんから一度連絡があった。

俺が晶のサブマネージャーになる件も含め、現在上の人と相談しているらしい。

晶一人だけならすんなりと通った話だったそうだが、俺がセットとなるとなにかと問題があるとのこと。……これについては軽く嫌味も言われたっけ。

ふと下を向くと、晶の不安そうな顔が見上げていた。

「どうした?」

俺は慌てて笑顔をつくる。

「兄貴、またなんか悩んでるっぽい顔してたから……」

「なんでもない。ちょっと学校のことを、な……」

すると晶は俺の胸にギューッと痛いくらいに額を押し当ててくる。

なにか不安なことでもあるのだろうか。

……いや、俺が不安がらせたのか。

頭を撫《な》でてやったらようやく力を抜いてくれたが、胸にじんわりと痛みだけが残った。

それにしても、なんだか最近の俺は、笑って誤魔化してばかりいる気がするな……。

＊
＊
＊

いていた。

結城《ゆうき》学園前駅の改札口を抜けて歩いていると、見慣れた金髪とポニーテールが並んで歩

「おはよう、光惺、ひなたちゃん――」

俺と晶は上田《うえだ》兄妹に駆け寄って軽く挨拶を済ませたあと、そこからいつものように四人で並んで学校に向かう。

「そういや光惺、昨日の夜お前が俺の夢に出てきたぞ？」

「じゃあ出演料よこせ」

「がめついやつだな。そこは友情出演だろ？」

「お前、朝からキモターボマックスだな……」

そんなやりとりを光惺としていると、晶とひなたがクスクスと笑う。

「あ、そうだ！　涼太《りょうた》先輩、見てください――」

今ひなたの髪を束ねているシュシュは、先月俺がクリスマスプレゼントで渡したもの。美由貴《みゆき》さんの紹介で行った服屋さんで、晶と一緒に選んだやつだった。

「それ、使ってくれてるんだ？」

「はい！　とっても気に入ってます！　どうですか？」

「うん、似合ってるし可愛《かわい》いと思うよ」

「ありがとうございます♪」

わざわざくるっと回ってみせてくれるところも可愛い。その隣で必死に自分の短い髪を引っ張って、なんとかポニーテールにできないか頑張っているうちの義妹《いもうと》もまた。

そのあと兄同士、妹同士に分かれて少し距離を置いて歩いた。

俺と光惺の前を晶たちが楽しそうに話しながら歩いている。

ふと隣に目をやった。

ひなたを見つめる光惺の表情がどこか穏やかだ。ほっとしているようにも見える。

いつも仏頂面《ぶっちょうづら》を浮かべている光惺だけに、これには俺も少し優しい気持ちになった。

「……なんだよ？」

「いや、べつに」

「お前のその顔、ムカつく……」

光惺は面白くなさそうに言って金髪を掻き、それとなく照れた顔を隠していた。

＊　＊　＊

始業十分前。

教室に入ると、すでに朝練を終えた運動部たちがガヤガヤとなにかを話していた。そんな見慣れた光景の中から一人こちらに駆け寄ってくる人がいた。星野千夏《ほしのちか》だ。

「おはよう星野さん」

「おはよう、光惺くん、真嶋《まじま》くん」

「うす」

光惺が自分の机に向かうと、その後ろを星野がついていく。

「光惺くん、昨日のＬＩＭＥなんだけどさ」

「悪《わり》ぃ、途中で寝ちまった」

「ううん、全然へーキ！　でね──」

「千夏、もうちょい離れろ」

「あ、ごめん……！　でねでね──」

今のところ挨拶を返すくらいには光惺と星野の関係は良い。

いつの間にかお互いに下の名前で呼び合い始めたようだ。冬休み中もずっとＬＩＭＥのやりとりをしていたらしい。

星野は光惺に近づきたいと頑張っている。とはいえ、今は友達として。

星野が健気《けなげ》でつい応援したくなるが、俺はそっとしておくべきなのだろう――と、そんな感じで光惺たちを眺めていたら、今度は俺のところに月森結菜《つきもりゆいな》がやってきた。

彼女は胸の前で小さく右手を上げると、

「おはよう、りょ……――」

固まった。

「…………」

「…………」

……なぜ、フリーズ？

月森は少し赤くなりながら「コホン」と一つ咳払《せきばら》いをする。

「――ま、真嶋くん、おはよう」

「え？　ああ、おはよう月森さん」

「そ、その手袋……」

「え？　ああ、これ？　すごくあったかくて助かってるよ」

笑顔で返すと目を逸《そ》らされた。

「そう、良かった……」

そのとき、ふと彼女の艶やかな長い黒髪に変化があったのに気づいた。

「あれ？　もしかして月森さん、髪切った？」

「え……あ、うん。一昨日《おととい》、毛先だけ、ちょっとだけ……」

月森はまだ頬を赤くしながら、編んでいない右の横髪を右手の人差し指でくるくると回し始めた。

「髪、ほんとはもっと短くしたいんだけど」

「そうなんだ？　似合ってるのにもったいないな」

「そう？」

「少なくとも俺はそう思うよ」

「そう……」

月森は照れ臭そうに俯《うつむ》いた。

今度は横髪を軽く親指と人差し指で摘《つ》まみ、下に引っ張るようにして撫で始める。

その様子を見ながら、どうしても気になることがあった。

「ところでさ、もしかして疲れてる？　それとも寝不足？」

「え？」

「ほら、目の下。クマができてるから……」

「これは、その……べつに疲れてない」

「ならいいんだけど……」
「心配してくれてありがとう。私、戻るね——」
月森はそそくさと自分の席に戻っていった。
——なにがしたかったんだろ？　いや、クマに触れたのはまずかったか……。
俺なりに彼女の体調を気遣ったつもりだった。
こういうとき晶なら「昨日徹夜でゲームしててさ～」と笑いながら言うのだが——と、
ちょうどそのとき始業のチャイムが鳴った。
担任はまだ教室に姿を見せない。
それとなく窓際《まどぎわ》の席の月森に目を向けてみる。
一瞬月森と目が合う——が、すぐに逸らされた。
やはり彼女を不快にさせてしまったのかもしれない。
彼女の左手にはスマホが握られていた。
そういえば、俺がクリスマスプレゼントであげたポップグリップは——
『これ、一生大切にする……！　ありがとう真嶋くん！』

――使ってもらえていない。

本当は気に入らなかったのかと思うと残念だが、まあ仕方がないかと思い直した。

――冬休み後の俺たちは、こんな感じ。

また少しずつ関係が変化し、少しずつ日常も変化し、少しずつ未来に向かっていた。

でも、そんな中でいつも俺は見逃してしまう。

アレシボメッセージ――

宇宙より近くにいるはずなのに、心の声をキャッチするのは難しいと、しばらくして俺は知ることになる。

＊　＊　＊

さて――

初めに言っておきたいが、我が結城学園演劇部は真面目に活動をしている。

部長がたまに「アイタタタ～」なことを言ったりやったりする以外は、本当に、いたって、健全で、本気で、真面目な、部活なのだ。

だからその日の放課後、久々の授業で気怠《けだる》いなぁと感じつつ演劇部の扉を開けた瞬間、

「真嶋涼太、君を待ってたぜ！」

と、ビシッと指差してきたやつを見て、

「みんな～、おつかれさん」

綺麗《きれい》に素通りをかまして、苦笑いを浮かべている部員たちに挨拶をしたのは、いつものアイタタタ～だと思ったからである。……いや、すでにアイタタタ～だ。

「って、真嶋先輩!? 無視とかひどくないですか!?」

無視されてプリプリと怒っているのは、我が演劇部のアイタタタこと、とにかく明るい西山和紗《にしやまかずさ》部長である。

俺は「またか」とため息をつく。

「その変なノリはなんだ？ だいたいいつも変だけど今日は特にひどいぞ？」

「むふふふ、じつはですね～、うちら今プールに行きたいなって話してて～」

……………は？

「ちょっとなに言ってるのかわからない。プール？ 冬だぞ？」

それに「うちら」と言ったわりに「ら」がそこまで乗り気ではなさそうなのだが……。

「ですから室内プールですよ」

「そりゃそうだ。これで屋外プールだったらさすがに俺もキレるぞ？」

「怖いなぁ、キレちゃヤダ！」

イラッ！

「てことで、プールで日頃のイライラを発散しましょ～♪」

「おおよそ俺のストレスの原因の九割はお前なんだけどな……？」

やれやれと気を取り直す。

「で、どこのプールだ？　このあたりだと『K&Fプール』か？」

「ズバリそこです！　じつは天音《あまね》のお父さんの経営する会社がそこを保養所にしてて、なんとなんと福利厚生割引が使えるのですよ！」

「使えるのですよって……そういうのは普通従業員の身内だけだろ？」

「チッチッチ～。それが、友人なら二割引なのです！」

どやっ！　と、自分のことでもないのにどうしてそこまで胸を張れるのか。

いや、それよりも気になるのは「天音のお父さんの経営する会社」というワード。

――伊藤《いとう》さん、じつは社長令嬢だったのか⁉

伊藤の肩書は「一撃の女帝」だけではなかったらしい。

一緒に裏方をしているのにまったく気づかなかった。しかし言われてみれば、落ち着きとか立ち居振る舞いとか、社長令嬢らしく見えなくもない。

「てことで、真嶋先輩も行きましょ♪　行きたいですよね⁉　うちらの水着姿が拝めるんですよ⁉　行くっきゃないっしょ⁉　ね、ね、ね⁉」

——ぐいぐいくるなぁ、こいつ……。

俺はちらりとほかの部員たちの顔色を窺《うかが》ったが、やはりみんな苦笑い。うちの部長はこうなると手がつけられないとわかっていてのことだ。

一人、伊藤だけが申し訳なさそうな顔でこっちを見つめている。

俺は一つ大きなため息をついた。

「……で、いつ行くんだ？」

「やった〜！　行ってくれるんですね⁉　やっぱ真嶋先輩のツンデレ大好き！」

「だ、か、ら！　俺はツンデレじゃねぇ！　それにまだ行くって決めたわけじゃ——」

「今週の日曜日です！　てことで、真嶋セーンパイ……よろしくです♪」

と、ウザい……じゃなくて、勝手に予定を決められてしまった。

そのあと西山は休日部活申請をするとかなんとかで意気揚々と職員室に向かった。

すぐに部員たちが俺のところに寄ってくる。

最初に口を開いたのは、一番申し訳なさそうな顔をしている伊藤だった。

「すみません、真嶋先輩……」

「伊藤さんのせいじゃないからいいって」

「兄貴の言う通りだよ。天音ちゃんが気にする必要ないって」

晶がフォローに入った。

「それに兄貴は僕らの水着姿が見られて幸せだからさ」

「って、オイ！　晶、ちょっとそこ座れ――」

「まあまあ、二人とも……。天音ちゃんは気にしなくてもいいよ？　私はみんなでプールに行くの楽しみだな～」

と、今度はひなたがフォローに入る。賛同するように高村《たかむら》、早坂《はやさか》、南《みなみ》もうんうんと頷《うなず》くと、伊藤は「ありがとう」と言って少し表情を和らげた。

「それよりも、なんでこの時期にプールに行くことになったんだ？」

「それが、じつは先週の始業式の日だったんですが、和紗ちゃんが教室で――」

――先週の金曜日、始業式。

『――えっ!? カレシとグアム!?』

『そうそうカレピくんと。あぁ～、肌焼けちゃった～』

『うちは家族でハワイ行ってきたけど日本人多かったわ～。で、で、で！ めっちゃナンパされて～、カレシいるから無理って断りまくったけど～！』

『へ、へ～……グアムでカレピくんと……ハワイでナンパか～……いいな～……』

『和紗は？ どっか行かなかったの～？』

『私は……――っ、津軽海峡……』

『『へ……？』』

『親戚が青森に住んでて……あ、でも、私も海にいちおー行ってきましたー的な！ でもでも、水着にはなれませんでしたー的な！ な、な～んちゃって～……』

なんちゃって～……ちゃって～……て～……て～……――

「――ということがありまして……」

――なるほど。

まとめると、冬景色か……。

たぶん、一人で連絡船に乗って、凍えそうなカモメを見つめて泣いていたのだろう。

「で、冬の海で寒中水泳とはいかないから屋内プールってことか……」

「さすがに海外旅行を提案しないだけマシかと思いまして、私がプールならどう？　と、口を滑らせてしまい……」

「じゃあ、あの飛び抜けて明るい感じは……？」

「和紗ちゃんなりの、精一杯の強がりかと……」


――アイタタタタタタタタタ～～～～～……………


有毒なガスのように暗鬱な空気が部室中に広がっていく。

それ以上誰も口を開かない。開けばそこでなにかが壊れるとみんな思っていた。

そうしてしばらく沈黙が続いた。


そのあと西山はまた意気揚々と部室に戻ってきたのだが――

「やったよみんな～♪　休日部活申請のついでに交通費の申請を――って、みんな、集まってどしたの？」

西山の顔を見た瞬間、俺たちは示し合わせたようにぱっと笑顔をつくった。

晶はすぐさま西山がいつも座っている椅子を引く。

「か、和紗ちゃんお疲れ～！　疲れてない？　疲れてるよね？　ここ座る？　座って！」

「え？　あ、ありがとう晶ちゃん」

「いえいえ、どういたしま——あ！　僕ちょっとお手洗いに行ってくるね！　ごめん！」

「あの、晶ちゃ……晶ちゃん？」

西山はなにかの違和感を覚えたらしいが、その前に晶は部室から出ていった。

すかさずひなたが西山にお菓子の箱を渡す。

「和紗ちゃん、このお菓子よかったらどうぞ。ついでに、私、お茶を——」

「ありがとう、ひな……ひなたちゃん⁉」

西山はひなたの顔を見てひどく驚いた。

「お、お茶、入れてくるね……ぐすん。ちょっと戻るの、遅くなる、かも……——」

いよいよ堪《こら》えきれなくなったのか、ひなたは潤んだ目元を押さえて出ていった。

それを見た伊藤は「あ、そうだ」とありもしない急用を思い出し、気まずそうな高村たちを連れて部室から出ていく。

そして残された俺は——

「に、西山……なんか俺にできることあるか？　俺にできることならなんでもいいぞ？」

「急になんですか……？」

「えっと、ほら、人生っていろいろあるだろ？　楽しいときもあれば辛《つら》いときもあるし……なんか悩みがあるなら聞くからさ……？　な？」

「え？　なんか私、みんなから気を使われてる⁉」


これが俺たち結城学園演劇部。

今年の部の目標は『一人はみんなのために、みんなは一人のせいで』である、たぶん。

＊　＊　＊

その日の帰り道、晶とひなたにあのあとさんざん西山から愚痴を聞かされたことを話した。愚痴といっても、どうして西山がモテないかうんぬんの話を延々と。

俺はただ赤べこみたいにうんうんと頷くだけだったが、最終的に西山は「今度のプールで本気を見せてやるぞーっ！」と意気込んで帰っていった。

まあ、空回りしなければいいが、するだろうな。

「――って感じだった。まあ、あのぶんなら大丈夫だろ……」

「ほんと兄貴がいてくれて助かったよ～」

晶は自信がなさそうに言った。

「そういうの、僕じゃ相談に乗ってあげられないと思うから……」

「まあ、男の俺が適役かどうかは微妙だけどな？」

「そんなことないです。涼太先輩は適役ですよ。みんなに頼られてますから」

俺が「そうなの？」と訊《き》くと、ひなたは「はい」と明るく返事をした。

「涼太先輩は相談しやすいというか、癒《いや》しというか――相談したらいつも親身になって考えてくれるので、私はいつも頼っちゃうんです。たぶんみんなも同じ気持ちですよ」

「それ、僕もわかる。兄貴ならどんな問題も解決できちゃうんじゃないかって」

「おいおい二人とも、持ち上げすぎだって……」

「これからも頼りにしてるぜ、兄貴！」

「涼太先輩、これからもよろしくお願いしますね♪」

照れ臭いというよりも、正直自分に自信がない。

それでもこの二人は、そんな俺のことを頼りにして笑顔を向けてくれる。

この二人や身の回りの人たちの信頼には報いたいと思うし、俺自身もっと自分に自信を持ちたいと思った……のだが――

「てことで、ひなたちゃん、例のアレ、兄貴に頼んでみようよ？」

「あ、うん……。ちょっと恥ずかしいけど涼太先輩だったら……」

「え？　例のアレ？　恥ずかしいって、どうした二人と……もぉ――っ⁉」

いきなり二人にぐいっと両腕を取られた。

驚き戸惑っていると、ダブル上目遣いで見つめられる。――え？　なに？

右を向いても――

「あのね、兄貴。僕らからのとっても大事なお願い……」

左を向いても――

「お願いします。こんなこと涼太先輩にしか頼めなくて……」

――これ以上ないほど可愛《かわい》い。

なんだこのズルいほどの可愛さは？

「お……お願いって、なにをしたらいいんだ……？」

これは、兄として、男として、絶対に断ったらダメなパターンのやつである。

1 JANUARY

1月11日（火）

昨日こっそり兄貴の部屋に忍び込んだら、兄貴がうなされてた！

あんな苦しそうな兄貴を見たのは初めてで驚いたけど、そのあとはお説教タイム。

勝手にお布団にもぐり込んじゃいけないって言われた……。泣きそう……。

けど、こりない私は今日も凸ろうと思ってます！

それにしても、な～んか兄貴が最近気になる。

笑ってごまかされてる？

兄貴はいつも考え事してる感じで「どうしたの？」って聞いても、な～んかはぐらかされる……。

思ってることがあるならなんでも言ってほしいな、と思うけど、言いたくても言えないこともあるのかな？

それでも、悩み事だったら聞きたいし、知りたいな～。

兄貴はみんなに頼られてるから、一人でいっぱい問題抱えちゃうんだと思うんだよね……。

私も兄貴を頼ってる一人だし、今度はお返しする番にならなきゃ！

なにか困ったら私がそばにいるよ、兄貴！

それと、今度の日曜日に演劇部のみんなでプールに行くことになりました！

てことで、ひなたちゃんといろいろと計画を立てました～！

兄貴、土曜日に三人でどこに行くか、楽しみにしていてね！

てことで、その前に。

今から兄貴の部屋に凸っちゃいま――す！

また叱られました、ぐすん……。

今夜は一人で枕をぬらします……。

第2話「じつは義妹たちと水着を買いに行くことになりまして……」

そんなこんなで一月十五日土曜日。

この日、昼過ぎから俺たちは大型ショッピングモールに来ていた。

今日のメインはあくまで晶《あきら》とひなたで、俺はただの付き添いなのだが──

「晶は水着どんなのにするの？」

「う～ん……僕はまだ考え中。兄貴、どんなのがいいかな？」

「俺に振るなよ……」

「え～？　せっかくだし兄貴が選んでよ～」

「できん……」

──よりにもよって、この二人の水着選びに付き合うことになってしまったのだ。

ここには季節関係なく水着を売っている専門店があり、晶たちは明日行くプールのためにわざわざそこで水着を新調するそうだ。

買う前から楽しそうに話す二人の後ろにくっついていたのだが──

「私は少し大人っぽいのにしたいな～」

「ひなたちゃんはスタイル良いからなんでも似合うよ。僕はお子様体型だしな～……」

「そんなことないよ。晶のほうがスタイル良いって。私は、ちょっと……」

「ちょっと、なに？」

「ううん、やっぱりなんでもない……。はぁ～……」

——とまあ、こんな会話をそばで聞いて、男の俺としては内心複雑だったりもする。

そもそも俺が連れてこられた本当の理由は、水着選びではなくそのあとのカフェ。

年明け早々に『洋風ダイニング・カノン』の系列店のカフェがここのレストランフロアにオープンした。俺たちの住む有栖《ありす》町にちなんで『Alice《アリス》』という名前らしい。

そこのスイーツが絶品な上に「映《ば》える」と、さっそくSNSで話題になっていた。

そこで、この二人が学校で「その話題のカフェに行ってみたいね～」などと話していたちょうどそのとき、演劇部でプールに行く話題が持ち上がり——

新しい水着を買わなきゃ——年中水着を置いている専門店はあそこしかないね——そういえば『Alice』の場所と一緒だ——なら兄貴に連れてってもらおう——そうしよう！

——という流れになったらしい。

ところで、途中で「兄貴」を挟んだのはなにゆえか？　……まあいいけど。

しかし、誘われたときは本当に脳から火花が飛び散るかと思った。とにかくすごい破壊力で、あんなに可愛いのは断れん。たぶん光惺《こうせい》でもビビると思う。

ちなみに光惺も誘ってみたが、例のごとく「バイトある」だった。あの働き者め……。

それにしても──と、晶と楽しそうに話すひなたを見た。

このショッピングモールはクリスマス前にひなたと一緒に来た場所だ。

あれからもう一ヶ月が経《た》とうとしている。あのときは本当にいろいろあったなと思うと、なんだか感慨深くなったりもする。

「……涼太《りょうた》先輩？　どうしました？」

不意にひなたと目が合った。

「あ、えっと……いいのが見つかるといいね？」

「はい！」

＊　＊　＊

俺たちは店内に入り、男性物と女性物のあいだに立った。

「じゃあ僕とひなたちゃんは水着選んでくるから、兄貴はその辺にいてよ」

「わ、わかった……」

「どうしたんですか？」

「いや、ちょっと……あははは……」

やはり気まずくなってきた。このあと試着まで付き合う俺としては、この二人の水着姿を見て感想を言わなければならないのだ。

「兄貴は早くひなたちゃんの水着姿が見たいってさー……」

「なっ⁉」「ふえっ⁉」

俺とひなたの顔が同時に赤くなる。

「おまっ……俺はそんなこと言ってないだろ⁉」

「だって顔にそう書いてあるもん」

「ひなたちゃん、違うんだ！　俺はそんなつもりはなくて……！」

「で、ですよね……？　涼太先輩は私の水着姿なんかに興味ありませんよね……」

――おおっと⁉

「あ、いや、そういうわけでもないんだけどさ……！」

なんと言ったら正解なのか。あると答えたらまんまと晶の策略にハマりそうだし、ないと答えたらひなたが落ち込んでしまう。……なかなかの難題だ。

とりあえず晶にはあとで説教するとして、今はひなたの機嫌を取らないと――

「あのさ、ひなたちゃ――」

「ひなたちゃん！　ここは兄貴をわっと驚かせる水着を選んで見返さないと！」

「そ、そうだよね……うん！　私、頑張ってみる！」

――って、焚《た》きつけてどうすんだお前ぇ――っ！

俺が真っ赤になって怒っているのを尻目に、晶はひなたの背中を押しつつニヤッとしながら女性物のコーナーに向かった。

＊　＊　＊

――ややあって。

試着室の前、俺は気まずいながら二人の着替えを待っていた。

ひなたはどれにしようかと悩んだあげく、最終的に二つに絞っていた。

一方の晶はというと、

「プール用は決まったよ♪」

と、満面の笑みだった――が、プール用？　プール用ってなんだ……？

それ以外の水着の用途といえば海用しか思い当たらないが……まあいい。

若干なにか心に引っかかるものを覚えつつも、二人が試着し終わるのを待っていると、
二つ並ぶ試着室の一つ、右のカーテンがシャーッと開いた。

「涼太先輩、どうですか……？」

最初に着替え終わったのはひなただった。しかし――

「そ、それは……」

「さすがに挑戦しすぎですかね……？」

ひなたが選んだのは、いわゆるホルターネックビキニというタイプで、紐《ひも》を首の後ろで結んだりひっかけたりして固定するもの。

バストやヒップラインなど、ひなたの女性らしい膨らみが強調されている。

大人っぽさについてはちょうどいい気もするが、これはさすがに目のやり場に困った。

ところがひなたは「うーん……」と左の肩紐《かたひも》を持ち上げて首を捻《ひね》っていた。

「納得いかないの？」

「はい……やっぱりフレアが付いてるほうがいいかなって思って……」

――フレアか……。

以前、美由貴《みゆき》さんから聞いたことがある。ファッションでいうところのフレアとは「あさがお形に開く」という意味で、ファンタジーの炎魔法的な意味ではないらしい。

あさがお形にふんわりと生地が開くと、ひらひらと波のようなシルエットができ、優雅で大人っぽい感じを出せるのだそうだ。

そこで「なるほど」と一人納得した。

大人っぽさと一口に言ってもいろいろある。大別するとシックなのかセクシーなのか――ひなたはその二つの方向性で悩んでいるのかもしれない。

ただ、水着の柄やデザインによっては、かえってフレアが子供っぽいフリフリに見えなくもない――そういうことで、ひなたは頭を抱えているのではないだろうか。

「あのさ、ひなたちゃんはもうちょっと落ち着いた大人っぽさを出したいの？」

「あ、いえ、そういう意味ではなく……」

違ったようだ。……ふむ。

「じゃあなにで悩んでるの？　柄とか？」

するとひなたは急に顔を赤らめ、人差し指同士をつんつんと合わせ、声を潜めた。

「涼太先輩、ちょっと耳を貸してもらえますか……？」

「え？」

「…………………《ゴニョゴニョゴニョ》」

——な、なるほど、そうか……。

「い、いやぁ、そんなに気にする必要ないと思うけどなぁ～……」

「でも、お正月に食べすぎちゃって、やっぱりこのあたりが気になって……」

ひなたはお腹《なか》のやや横をむにむにと摘《つ》まんでみせた。

さながら昔やっていたコンニャクゼリーのＣＭみたいだ——いやいや、摘まむほど贅沢《ぜいたく》なお肉はついていない。気にしすぎではないだろうか。

「フレア付きだと誤魔化せるので……」

「じゃあフレア付きとなしだったらどっちが好み？」

「えっと、やっぱりなしのほうかな～……」

「うん。俺もそのほうが似合うと思うよ？　その……いろいろ気になるなら上からＴシャツとか着ておけばいいんじゃないかな？」

「そ、そうですね！　わかりました、じゃあこの子は候補で。ありがとうございます！」

シャーッとカーテンが閉まるのを確認して、俺は大きくため息をついた。

するると左のカーテンのあいだから晶の頭がにょきっと生えてきた。

「兄貴兄貴」

「ん？　着替え終わったのか？」

「うん。見たい？　見たい？」

晶は悪戯《いたずら》っぽく笑ってみせたが、本当は見せるのが恥ずかしいらしく、頬が赤い。

「み……見なくてもいいなら見ないが……」

「じゃあ、見たくないの？」

「いや、いちおう確認しとかないと、とんでもないのを選びそうだからな……」

「さすがに僕だって人から見られるの恥ずかしいもん。てことで――」

晶はシャーッとカーテンを開き、照れながらも「どや！」という顔をした。

俺は驚いた。

そこには、こたつに潜ってぐーたらとゲームをしている義妹《いもうと》ではなく、水の中を自由に泳ぎ回る活発な少女が立っていた。

「えへへ～、こんなのどう？　似合ってる～？」

晶が選んだのはダイビングやサーフィンのときに着るラッシュ・ガードに近いフィットネス水着。二の腕から先と膝《ひざ》から下以外は完全に隠れるタイプだ。

水着がショートカットの髪と相まって、これで肌が日に焼けていたらすっかり水泳女子のできあがり。

そして、なによりも……なんて無難なのだろうか！

その無難なチョイスに、俺は拍手するほどの感動を覚えた。

「それそれ！　やればできるじゃないか！」

「だろ？　なぜか僕、昔からこういうのがピッタリなんだよね〜」

そう言ってはにかんだ笑顔のまま、くるっと回ってみせる。

「いや〜、どの角度から見てもすごく無難だ！　無難で良い感じだぞ！」

「やだなぁ照れるから〜……って、え？　無難？　なんかそれあんま嬉《うれ》しくない……」

晶がジト目で俺を見つめていると、また右のカーテンがシャーッと開いた。

「涼太先輩、今度はどうですか……？」

「っ────!?」

返答にだいぶ困る。

ひなたが着ていたのはレイヤードビキニという重ね着するタイプで、なんとなくギャルっぽいお姉さんが着ているようなセクシーなもの。

これに合わせるように、ひなたは括《くく》っていた髪を下ろしている。

普段の大人しくて清楚《せいそ》なイメージとのギャップが激しい上に、そんな格好で照れ臭そうに上目遣いで見つめられても……なかなか言葉が見当たらない。

「後ろはこんな感じで――どうですか？」

いや、本当に返答に困る。どの角度から見ても――

「すごくセクスィ～でグッとくるねって顔に書いてあるじゃないか！　むぅ～！」

晶が拗《す》ねたように睨《にら》んでくる。

しかし、俺の顔面はそんなにうるさいのだろうか。

「い、いや、そうじゃなく、普段のイメージがあるからさぁ～……」

「顔、真っ赤じゃん！　むぅむぅ～！」

「いや、だからこれはだな～……」

「僕、もっかい選び直す！　見てろよ兄貴！　むむむむむぅ――っ！」

――出た、義妹の顔もむむむむむー……。

晶は目に物見せてやるといった感じでカーテンをピシャッと閉じた。

俺はひなたと向かい合って、なんだか気まずい雰囲気になる。

「あの、ひなたちゃん……似合ってるとは～……思うけど～……」

「そうですよね⁉　やっぱりこの子はなしで！」

ひなたは慌ててカーテンを閉じた。

俺はただ試着に付き合っているだけ。

それなのに、プールでさんざん遊んだあとみたいに身体《からだ》が怠《だる》いのはなぜだろう……。

＊　＊　＊

――とまあ、けっきょくのところ。

あとは当日までのお楽しみとのことで、俺はあのあとお役御免になった。

二人が水着を選ぶのを待つあいだ、俺はショッピングモールのところどころに設置してあるベンチの一つに腰掛け、疲れた心と身体を休めながら二人を待っていた。

そうしてぼんやりとスマホを弄《いじ》って時間を潰していると、

「――真嶋《まじま》くん？」

ふと、聞き覚えのある澄んだ綺麗《きれい》な声が耳に届いた。

横を向くと、少し驚いている月森《つきもり》の顔があった。

そういえば前も彼女とここで会ったが、

「え？　月森さんと、あ、えっと……」

思わず俺が口ごもったのは、彼女が一人ではなかったからである。

ひなたと出かけた日――そのとき月森は星野《ほしの》と一緒だったが、今日は女の子を二人連れていた。中学生くらいと、小学校高学年くらい。

――月森さんの妹かな？　でも、あれ……？

「こ、こんにちは」

「こんにちは。真嶋くん、一人でお買い物？」

「いや、今日は義妹たちと一緒で……」

俺がさらに口ごもったのは、以前月森から「弟が二人いる」と聞いたのを思い出したからだ。

二学期の期末テストの勉強会のとき、たしか月森には中三と小五の弟がいて「生意気盛りだ」と話していた。

それなのに、今連れているのは妹らしき女の子が二人。

――俺の記憶違い？　親戚の子たちか？

俺がだいぶまごついていると、

「ゆいねえ、このお兄さんだれ？」

と、小さな女の子のほうが月森の手を引っ張った。

月森は、下の名前が結菜《ゆいな》だから「ゆいねえ」と呼ばれているらしい。

「クラスメイトの真嶋涼太くん。――ほら、若葉《わかば》、夏樹《なつき》、ご挨拶して」

月森は穏やかな口調で促した。

すると、中学生くらいの子は人見知りなのか、慌てて月森の陰に隠れてしまった。

先に小さな女の子が俺の前にやってきた。この子は月森に似て美形だが、一方で晶のような中性的な顔立ち。少し日に焼けて活発そうに見える。

「オレ、月森若葉です！　よろしくお願いします！」

そうはきはきと言いながら、ニカッと笑って右手を差し出してくるが――オレ……？

「ああ、えっと……真嶋涼太です。よろしく」

少し気後れしながら握手を交わす。

すると今度は拳を握って俺の前に差し出してきた。俺は戸惑いながら拳をつくって軽く合わせると、またニカッと笑う。

――それにしても『オレっ娘《こ》』か。

明るくて人見知りしないタイプのようで、なんとなくだが学校では男子の友達が多そうだし、女子たちからも人気がありそうな子だと思った。

「オレのことはフツーに若葉でいいよ」

「じゃあ若葉で……」

「で、真嶋さんってぶっちゃけゆいねえのこと好き?」

「す……えぇっ!?」

子供らしいあけすけな物言いに俺が狼狽《うろた》えていると、「こら」と言いながら真っ赤な顔の月森が寄ってきた。

「若葉、真嶋くんが困ってるでしょ?」

無邪気に笑う若葉を月森がたしなめる。

「あはは、二人とも顔真っ赤じゃん♪」

にししと笑って反省の色がない。どうやら若葉は人をからかうのが得意なようだ。

少し持て余して、俺と月森はようやく真っ赤になった顔を見合わせた。

「真嶋くん、ごめんなさい……」

「いや、べつに気にしてないよ……」

俺が苦笑いを浮かべていると、月森の陰からもう一人の女の子が出てきた。

少し慌てながら寄ってきたと思ったら、今度は俺の前でいじいじとしだし、前髪を撫《な》でながら口ごもる。初見の相手を目の前にしてひどく緊張しているようだ。

イメージ的には、ピアノでクラシックの名曲を弾いたり、吹奏楽部でフルートを奏《かな》でていたりしそうな──そういう清楚で可憐《かれん》な雰囲気の子である。

「つ……月森、夏樹です……」

ようやく絞り出した声は気の毒になるくらいか細かったが、月森に似て綺麗な声だった。

月森よりも若干声が高く、たぶん合唱だとソプラノパートだろう。

「夏樹さんか。よろしくね？」

俺は緊張を解《ほぐ》すように微笑《ほほえ》んでみせたが、まだ戸惑っている様子だ。

「さんは、ちょっと……」

「じゃあ夏樹ちゃん？」

「えっと、ボクも夏樹で……呼び捨てでいいです……」

──おお、晶と同じ『ボクっ娘』か。

「じゃあ夏樹、よろしくな？」

「はうっ……⁉」

「ど、どうした⁉」

夏樹はいっそうカァーッと顔を真っ赤にしてあたふたとし始めた。

「真嶋さん、大人っぽくてかっこいいなぁって思いまして……顔とか、声とか……」

「いやいや、そんなことは、あはははは……」

……ふむ。

やはり素直で素敵な子だ。

「夏樹、先に若葉とゲームコーナーに行っててくれる？」

と、月森は夏樹たちに言った。

「わかった。──行こ、若葉」

「うん！　じゃあゆいねえ、真嶋さんとごゆっくり～♪」

「こら、若葉！」

月森が引き止める間もなく、若葉はゲームコーナーのほうに逃げていく。

その後ろを追いかける夏樹は、駆け出した途中でいったん立ち止まって振り返り、ペコリと頭を下げると、再び若葉のあとを追っていった。

やれやれと月森は一つため息をついた。

「ごめん、若葉はああいう子で……」

「気にしてないよ。それよりも珍しいものが見られて良かった」

「珍しいもの？」

「月森さん、怒った顔もするんだ？」

気恥ずかしくなったのか、また月森は顔を赤くした。

「あ、あの……普段はそんなに怒らないんだけど……たまに……」

月森は右の横髪を前に引っ張って真っ赤な顔を隠す。こんな反応をする彼女も珍しい。

「それにしても、下の子が多いとお姉さんも大変そうだね？」

「うん、たまに大変。でも慣れてるから……」

月森は微笑んでみせたが、夏樹や若葉が待っている。

あまり長く引き留めないほうが良さそうだ。

「月森さん、若葉たちが待ってるんじゃないかな？」

「うん。ありがとう真嶋くん。それじゃあ——」

少し慌てた様子で月森はゲームコーナーのほうに向かった。

＊＊＊

それから少しして、晶とひなたが満足そうな表情で、手に袋を提げてやってきた。

「兄貴、お待たせ～！」

「涼太先輩、遅くなっちゃってごめんなさい」

「いや、全然。良いのは選べた？」

「バッチリ！　ね、ひなたちゃん♪」

「うん♪　涼太先輩のアドバイスのおかげです」

「いやいや、俺はなにも……。──じゃあ、カフェに行くか？」

「うん！」「はい！」

俺たちはゲームコーナーと逆の方向、レストランフロアに向かって歩き始めた。

＊　＊　＊

「──え⁉　フジプロA⁉」

俺と晶の正面、テーブルを挟んで向かい側に座るひなたが驚いたのは、カフェ『Alice』で絶品スイーツを堪能《たんのう》したあとのこと。晶のスカウトの件を聞いたためだった。

俺と晶は二、三日前から今日伝えると決めていた。逆に今まで伝えてこなかったのは、こうして腰を据えてじっくりと話したかったのもある。

晶は、特にひなたに対しては慎重にこのことを話したがっていた。

学校の行き帰りやＬＩＭＥなどで、なんとなくの話題で済ませたくない。

そういう晶なりの思いもあったのだが、

「晶も、スカウトされたの⁉」

すぐに晶が驚く順番が回ってきた。

「『も』ってことは、もしかしてひなたちゃんも⁉」

「うん……。私もフジプロA、新田亜美《にったあみ》さんって人から……」

「じつは僕も新田さんから……」

お互いに寝耳に水。

驚きのあまり、二人のあいだに少しだけ沈黙が流れる。

ただ一人、そばで見ていた俺だけは驚かなかった。

「晶、ごめんな。じつは俺、ひなたちゃんからスカウトの件を聞いてた。相手がフジプロAだったことは今知ったけど――」

――なんだかおもしろくないな……。

けっきょく新田さんの手の平の上で転がされている。

ひなたからスカウトのことを聞くより前に、新田さんから『ある兄妹《きょうだい》』の話を聞かされていた。そして、やはりというか、ひなたはフジプロA……。

だったら『ある兄妹』の妹のほうは――と思ったが、このことは俺の胸の内にしまっておくしかない。だから、いろいろと複雑な心境にもなる。

「そっか……ひなたちゃん、兄貴には話してたんだね？」

「晶、ごめんね……。晶にはきちんと決めてから話そうと思ってたの。涼太先輩にはこれからお芝居を頑張っていくって話してて、その流れで……」

ひなたは申し訳なさそうに言った。

「ううん、全然気にしてないよ。というか、僕のほうこそずっと隠してたみたいでごめんね。今日ひなたちゃんに話そうって兄貴と相談してたんだ」

それから俺と晶でスカウトを受けるまでの経緯をひなたに話した——

「——で、俺が晶のサブマネになるってことで話がまとまったんだ」

「涼太先輩が晶のサブマネに⁉」

「あはは……まあ、俺のせいで今新田さんは上の人と揉《も》めているらしいけど」

「そうだったんですね……」

ひなたは少し考える素振りを見せた。

「涼太先輩って、ときどき晶のために大胆なことをしますよね」

「呆《あき》れた？」

「いえ、そういうの羨ましいなって思って。うちのお兄ちゃんは絶対にやりたがらないですから、晶が涼太先輩に大事にされてるんだなって思うと羨ましいです」

ひなたは晶のほうを見てにこりと笑いかけると、晶は照れ臭そうに俯《うつむ》く。

そういえば、ひなたはスカウトを受けるかどうか、じっくり考えたいと話していた。俺にそのことを相談したいとも。

「ひなたちゃんはスカウトどうするの？」

「そうですね……オーディションのこともあるのでもう少し考えてみたいと思います」

「そっか、オーディションがあるもんな～……」

――ん？

「「オーディション⁉」」

俺と晶が素っ頓狂な声を上げたせいで、周りの客たちがじろりとこちらを向いた。

1 JANUARY

1月15日（土）

今日は兄貴とひなたちゃんと三人でショッピングモールにお出かけした！
お出かけした理由は三つあって……

- 演劇部のみんなと行くプールのために水着を買う
- 新しくできたカフェ・Aliceでお茶をする
- 兄貴とデート♡

水着選びは兄貴に手伝ってもらおうと思ったけど「無難なのがいい」ってばっかり。
それって、私の肌をあまり他人に見られたくないからってことでOKですよね？
兄貴に大事にされてるんだって思った。

でもひなたちゃんの水着姿に鼻を伸ばすって、どうなの？
そりゃ、ひなたちゃんは私とちがってスタイルばつぐんだし、カワイイし、
大人っぽいし、だから水着もすごく攻めたのを選べるけどさ、私だってカワイイって
兄貴に言われたいもん！

だからひなたちゃんと相談して、ちょっと攻めてみることにした！
この水着でプールで兄貴に迫ってドキドキさせちゃうぞ！
てことで兄貴、楽しみにしてて♪

第3話「じつは義妹と月森家が仲良く（？）なりまして……」

夕飯の支度があるのでとひなたが先に帰ったあと。

俺と晶《あきら》はひなたから聞いたオーディションについて頭を抱えていた。

「僕、新田《にった》さんからそんな話聞いてなかった……」

「まあ、スカウトの件が向こうで確定してからの話だったのかもな？」

ひなたから聞いたところによると――

フジプロAの場合、スカウト後に随時行われているオーディションにエントリーする。

書類選考（とはいえ、スカウトマンの推薦あり）で合否判定。それを通過した者がオーディションを受けられ、その合否によって契約するか決まるとか。

俺たちはてっきり、スカウトを受け入れたら即契約するものとばかり思っていた。

実際そういう事務所もあるそうだが、大手の場合はそのあたりが厳しいらしい。

言われてみればそりゃそうかと納得する。

「僕、養成所とか通ってないし大丈夫なのかな？」

「まあ、そのあたりは問題ないって判断したんだろ……」

新田さんに限ってこんな重要なことを伝えないわけがない。

おそらくはなにか考えがあってのことなのだろう。あの人は、そういう人だ。

「でも、まさかひなたちゃんもスカウトを受けてたなんてね」

「やっぱ複雑か？」

「ううん、ひなたちゃんだし納得。──兄貴がその件を僕に言わなかったのは、ひなたちゃんがまだどうするか迷ってるから？」

「まあな。決まったらひなたちゃんから晶に伝えると思ったし、実際まだ決まってないみたいだしな」

ひなたがけっきょくどうするのか気になる。

そして、もう一人──たぶん光惺《こうせい》も声をかけられているのだろう。

光惺からそういう話題は出ていないが、上田《うえだ》兄妹はこれからどうするのだろうか。

「でもさ、もしひなたちゃんと一緒なら僕としては心強いな」

「だな。──じゃあ二人ともオーディション通ったら俺はお役御免か？」

「兄貴が一緒じゃないと絶対ヤダ！」

冗談のつもりだったのに、思っていたよりも晶は語勢を強めた。

「ちょっと言ってみただけだよ。そもそも俺は晶のサブマネを降りるつもりはない。──

まあ、そのせいで新田さんには迷惑かけてるみたいだけど……」

　俺が苦笑いを浮かべると、晶は不安そうな表情を浮かべた。

「兄貴……」

「なんだ？」

「なにがあっても、これからもずっと一緒だよ？」

「おいやめろ。それ、完全に死亡フラグだからな？」

「じゃあなんて言えば正解なのさ？」

「そうだな――……――」

　少し考えてみる。

「――とことん付き合うぜ、とか？」

　晶は「う～ん」と首を傾《かし》げた。

「それ、友情的なやつじゃない？　これから難事件に挑んだり、ラスボスに立ち向かうときの信頼関係的な……」

　俺は「だな」と言って、なぜだか噴き出してしまった。晶もつられて笑う。

「でも、その言葉、なんか気に入った」

「そうか?」

「じゃあ――」

晶はすっと俺の前に右手を差し出した。

「――とことん付き合うぜ、兄貴!」

「俺のほうこそ、とことん付き合うぜ、晶!」

手と手をがっちり握ると、なんだか晶と出会った日のことを思い出す。


『……僕のことは晶でいいよ』


あの日から俺たちの距離はぐっと縮まった。

兄妹としてだけでなく、男女としても……。

今はこんな感じで平行線を保ち続けているが――まあ、今の俺たちにはこれくらいの距離感がちょうどいいのかもしれない。

やると決めた以上は、俺もとことん晶に付き合うか――

「じゃあ兄貴、今からデートに付き合ってもらうぜ! と、こ、と、ん!」

……あ、しまった。

＊＊＊

店を出たあと、俺たちはゲームコーナーに向かった。

「えへへへ～♪　兄貴とデート♪　兄貴とデート♪」

「デートじゃないって……」

「照れんなって」

「照れてねぇから！」

というやりとりを誰かに聞かれているのではないかと心配になって周りを見たら、向こうでクレーンゲームに興じている月森《つきもり》たちがいた。

──せっかくだし、晶を紹介しておくか。

「晶、ほら、あそこ──」

「え？　あの女の子三人組がどうしたの？」

「月森さんだ。ほら、理系女子《リケジョ》の──」

「げっ!?　月森先輩!?」

晶は驚いた顔をした。

「おいおい、そういう失礼なリアクションを本人の前でするなよ？」

「わ、わかってるよ～……え？　本人の前って？」

「せっかくだし挨拶しに行こう」

「ええっ⁉」

「いいからいいから。行くぞ――」

「ま、待ってよ兄貴～！」

晶の人見知りは克服できている……と思う。

しかし、新田さんのときも感じたが、初対面の人への警戒心はまだ強い。

芸能界《これから》のことを考えると、もっと人馴《ひとな》れしたほうが晶のためになるだろう。

――それに、月森さんに自慢の義妹《いもうと》を紹介したいからな。

そうして俺は晶を連れて月森たちに近づいた。

「月森さん、さっきはどうも」

「真嶋《まじま》くん……あ……」

月森は俺の背中に隠れている晶を見た。

「その子が晶ちゃん？」

「うん。──ほら、晶。月森さんたちにご挨拶」

晶は恥ずかしそうに俯《うつむ》きながら俺の陰から出てきて、俺の服の袖をキュッと摘《つ》まむ。

「ひ、姫野《ひめの》晶です……」

すると夏樹《なつき》が「え⁉」と動揺した。

「真嶋さんって彼女さんいたんですか⁉」

俺まで激しく動揺した。

おそらく夏樹は「姫野」という苗字《みようじ》に反応したのだろうが──

「──いや違うよ夏樹。俺と晶は──」

「で、ですよね？　真嶋さんなら彼女の一人や二人いてもおかしくはないですよね……」

「いや、二人いたらおかしいぞ？」

少なくとも俺にそんなキャパはない。

というか、今の俺はこの義妹のことで、正直彼女どころではないのだから……。

少し持て余したが、義理の妹だと伝えると、夏樹はようやく納得してくれた。

義理とはなんぞやと首を傾げていた若葉《わかば》は、とりあえず晶が俺の妹だと認識したらしく「はい！　はい！」と明るく手を挙げた。

「オレ、若葉です！　よろしくお願いします！」

「あ、えっと…、夏樹です……。変な勘違いしてごめんなさい……」

若葉と夏樹が晶に挨拶をすると、晶もようやく顔を上げて、ぎこちないが挨拶をした。

そして月森と顔を合わせると――

「はじめまして、お兄さんのクラスメイトの月森結菜《ゆいな》です」

「えっと、うちの兄がいつもお世《せ》わわわ――っ⁉」

「――お世わわわー……？」

「どうした？」

「な、なななんでもない！」

俺と月森たちは、真っ赤になってあたふたしている晶を見て首を傾げた。

「ただ、僕、えっと……」

「わっ！　なっちゃんと一緒だ！　ボクって言った！」

若葉が面白そうに反応すると、晶はビクッとなって俺の陰にまた隠れた。

「お姉ちゃんって、じつはお兄ちゃんなの⁉」

「ち、違うよ！　僕は女の子で……」

「ふ～ん。でも、なんかお兄ちゃんって感じがするー！」

「こら、若葉。晶ちゃんに失礼でしょ？」

「でもなんかおもしろーい！　お兄ちゃん、あっちいこーっ！　一緒にメダルゲームしようぜー！」

若葉は晶を大変気に入ったらしく、

「えっ⁉　ちょっ……だから僕、女の子で──」

と、晶の手を引いてメダルゲームのコーナーに向かった。

晶は振り返って「兄貴～」と俺のほうを見たが、俺は笑顔で手を振っておいた。

──まあ、これも晶にとっちゃいい経験かもな。

晶は知り合ったばかりの若葉に無理やり連れていかれて目を白黒させていたが、あの明るい調子の若葉と一緒なら心配ないだろう。

一方で、あれだけ活発な若葉と普段一緒にいる月森は、姉として大変なのかもしれないと思った。……まあ、うちの義妹は義妹である意味大変ではあるのだが。

「じゃあ、俺たちはなにをしよっか？」

「夏樹、どれにする？」

月森が夏樹のほうを向くと「え？」と真っ赤になって、少し考え、恥ずかしそうにゲームコーナーの一角を指差した。

「あ、あれがいいです……」

「エアホッケーか。いいね、やろう」

「私は見てる」

「ううん、せっかくだし姉さんも一緒がいい」

「そう？　じゃあ私も」

こうしてチームは俺対月森結菜・夏樹に分かれてやることになった。

前に使っていた人たちが去って、俺たちの順番が回ってきた。

俺はスマッシャーを二刀流に構える。……まあ、厨二《ちゅうに》っぽく聞こえるが、要するにパックを打ち返す道具を両手に構えただけ。

対する月森結菜・夏樹ペアは、俺から見て、右が夏樹で左が月森。

……なるほど。

月森が左利《き》き、夏樹が右利きなので、非常に合理的なポジションだ。

俺が中央に打てば、二人は中央側に腕があるからスマッシャーの壁を作りやすい。逆に、利き手の利点を生かしたサイドからの攻撃も、左右関係なくできるというわけだ。

だが、合理的なポジションだからといって連携がとれるかは話がべつ。

ペアが肉親だからといって息ピッタリとは限らないのだ。

対して、俺はソロで二刀流。

つまり、足を引っ張るペアのいない俺のほうが、瞬間的な対応力は上のはず。

「月森さん、夏樹、せっかくだし、賭けをしないか？」

「賭けですか？」

「負けたら一つ、なんでも言うことを聞くってことで」

「えぇ～……」

「ははは、そんな大したもんじゃないよ。ただ、お願い事を聞くってだけ――」

――まあ、俺が勝つけどな？


――三分後。


「やったね、姉さん！」

「夏樹が頑張ったからだよ」

仲良さそうにハイタッチする月森と夏樹。

一方の俺は、情けなくも台の上に手をついていた。

「く、くそっ……」

なにせこの二人、連携が取れている上に運動能力が意外に高い。

隙のない防御、一撃で決めてくるスマッシュ――この姉妹の連携は伊達《だて》じゃなかった。

ソロで二刀流などとほざいていた俺は、すっかりボロ雑巾に……悔しい。

夏樹はおそらく伊藤《いとう》タイプ。大人しそうな見た目に反して勝負事には真剣で、身のこなしも軽く、スマッシュも驚くほど強力だった。……まあ、性格までは変わらないが。

その夏樹は月森ににこりと笑顔を向けている。

「姉さんが防いでくれたから助かったよ」

「ううん、夏樹が一発で入れてくれたから――」

――これが『姉妹の絆《きずな》』か、ぐぬぬぬ……。かくなる上はっ！

「もっかい！　次はペア戦で！　晶を連れてくるから待っててくれ！」

俺は急いで晶の元に向かった。

「晶、助けてくれ！」

「どうしたの、兄貴⁉」

晶はお菓子の取れるメダルゲームで若葉と遊んでいたが、俺が駆けつけるとすぐにピンチと感じ取ってくれたらしい。

事情を説明するとやる気を漲《みなぎ》らせた。

「──なるほど。それで僕の出番ってわけか……」

「ああ。頼めるか？」

「もちろん！　僕ら兄妹《きょうだい》の固い絆を見せつけてやろうぜ！」

俺と晶は拳と拳を合わせた。

「じゃあオレも！　なんかおもしろそうだから真嶋さんたち応援する！」

と、事情をよくわかっていない若葉も拳を合わせる。

おっと。これはもしや──

「我ら三人、姓は違えども兄弟の契《ちぎ》りを結びしからは、心を同じくして助け合い、困っている者たちを救おう！　主に困っているのは俺だけどぉ──っ！」

「「おぉ──っ！」」

──とまあ、なんとなく『桃園の誓い』風味の、なにかよくわからない絆が俺たち三人のあいだに芽生えた……気がした。ところで、若葉は本当にこっち側でいいのか？

そして月森たちと再戦することになったのだが──

「頑張れ真嶋さんっ！　晶にぃ〜〜っ！」

「――よし、防いだ！　晶、チャンスだっ！」

「任せて兄貴！」

俺が防いだパックを緩くサイドに流すと、晶がズザーッとサイドに移動した。

次の瞬間にはスマッシュのモーションに入る。

月森と夏樹は慌てて防御姿勢をとったが、俺には確信があった。

この一撃は防ぎきれない、と。

「いっけぇえええ――――――っ！」

「おぉ〜〜〜〜りゃぁ〜〜〜〜〜〜――！」

俺と若葉が叫ぶと、晶が勢いよくスマッシュをする。

そして俺たち義兄弟の魂が乗った渾身《こんしん》の一撃は――

スカ――――――――ッ！

「――りゃぁ〜…………――ありゃ？」

……へ？

「いや、なにしてんの、晶さん……？」

「い、今のはね……そう、フェイント！　フェイントだよ兄貴、若葉！」

「いや、絶対違うだろ。空ぶっただけだろ、お前……」

「晶にぃ、ダサッ！」

防ぎきれないどころか、防ぐ必要すらなかった。

……すっかり忘れていた。

晶はボーイッシュな見た目に反して、運動能力は……うん、まあ、そんな感じ……。


――とまあ、こんな調子が三分間続く。

そうして対決が終わると若葉が晶の元に寄ってってポンと肩に手を置いた。

「晶にぃ、ヘタクソだったけどドンマイ♪」

「うう～……なにも言い返せないぃ～……」

真嶋家対月森家の対決の結果は……言いたくない。

まあ、終始月森と夏樹が楽しそうだったので、これはこれで……。

＊＊＊

エアホッケーのあと、若葉がトイレに行きたいと言い出し、晶と月森と三人でトイレに向かった。残された俺と夏樹は、なんとなく壁にもたれて話をした。

「それにしても、真嶋さんと姫野さんって本当に仲が良いですね」

「そうか？　夏樹とお姉さんほどじゃないと思うけど……」

「いえ、さっきエアホッケーをしながら、真嶋さんが姫野さんのぶんも頑張っているのを見てました。真嶋さんは姫野さんを大事にしているんだなって思いました」

「まあ、義妹《いもうと》だしな……」

俺も対決しながら思ったことがある──

終始、月森は後衛で支えつつ、夏樹が気持ちよくスマッシュを打てるようにしていた。

逆に、夏樹も姉の月森に負担をかけないように、広範囲にわたって動き回っていた。

二人は本当に仲が良い。

お互いがお互いを大事に思って支え合っている。

それを目《ま》の当たりにしたとき、俺はこう思った。

——血の繋《つな》がりだけじゃなく、心の繋がりも、か……。

それがなんだか微笑《ほほえ》ましくもあり、羨ましくもあり——

「——悔しいよ。すっかり負けたな……」

俺は苦笑いを浮かべた。

「そこまで勝ち負けにこだわらなくても……」

「いや、この真嶋家対月森家の対決は負けたくないって思ったんだ。兄妹として」

夏樹は小首を傾《かし》げたが、俺は「なんてな」と笑って誤魔化した。

「でも、兄として義妹のためにもうちょっと頑張りたかったなぁ～……」

「そういうの、本当に素敵だと思います。ボクもこんな素敵なお兄ちゃんがいたらいいなって……だから、ボクは真嶋さんを見習いたいと思います」

「俺を？」

「はい。ボクの妹、若葉はちょっとおてんばで、たまに手に負えないときがあるんです」

「うっ……」

それはうちの晶も一緒。

ただ、おてんばというか、無防備すぎるというか、可愛《かわい》すぎるというか……。

「それでも、やっぱり可愛い妹なので、若葉のためにボクも、やっぱり……」

ふと夏樹の笑顔が陰ったのを俺は見逃さなかった。

「どうした、夏樹……？」

「あ、いえ！　ボクも真嶋さんを見習って若葉たちの支えになりたいと思います！」

夏樹の笑顔に少し引っかかるものを感じつつも、俺は「そうか」と返して――

「――わっ！」

急に横から大きな声がして、俺と夏樹はビクッとした。

いつの間にかすぐそばに若葉がいた。

「あははは！　二人とも驚いた～？」

「もう、若葉！」

すると晶と月森もこちらにやってきた。

「お待たせ、兄貴！」

「夏樹、真嶋くん、待たせてごめん」

「いや、大丈夫。それで、さっきの賭けの件だけど、俺と晶はなにをしたらいい？」

「えぇっ⁉　賭けってなにそれ⁉　僕、聞いてないんだけどっ！」

「まあまあ……。で、俺たちはなにしたらいい？」

夏樹に訊《き》くと「姉さんが決めて」とのことだったので、月森に注目が集まった。

月森はちらりとプリクラ機のほうを向いて、

「じゃあ、最後に、みんなであれ……プリクラを撮りたい」

と、照れ臭そうに言った。

＊＊＊

『――カメラを見て～！　3、2、1……――こんな感じで撮れたよ～』

目の前のディスプレイに俺たち五人の姿が映し出された。

「じゃあじゃあ、次はみんなでイエーイって感じで！」

若葉が楽しそうにしているが、あまりイエーイというキャラではない俺たち年上四人は少しまごついていた。そうして二枚目、三枚目とぎこちなく撮影は進む。

さっきの賭け、月森のお願い――せっかくなので、今日の記念に真嶋家と月森家の五人でプリクラを撮ることになったのだが、こういうのはやはり慣れない。

そもそもプリクラもいつぶりだろうか。

たぶん、中学の時にひなたと光惺と撮ったとき以来だ。

今、俺は真ん中の後方に立ち、左に月森、右に晶、前方には夏樹と若葉がいた。

これだけの人数がプリクラ機の狭い撮影ブースにひしめくと、男一人の俺としては少しだけ気まずい。

俺がぎこちない笑顔を浮かべて次のポーズをとろうとしたとき、俺の左肩にコツンと月森の肩がぶつかった。それとなく横に目をやると、頬を赤らめた月森がそっと口を開く。

「真嶋くん、今日はありがとう」

「ああ、いや……」

小声で言われて少し気恥ずかしかった。

そういえば月森とこれだけ近い距離に立つのも初めてだ。なんだか緊張する。

すると右肩にもコツンと肩をぶつけられた。

「兄貴、もっと近くに寄っていい？」

「い、いいけど……」

いつも寄りすぎなくらい寄ってくるやつが、今さらなにを断ってきているのか。

するといきなり手を握ってきた。しかも恋人つなぎ。にぎにぎとちょうどいいところを探し当てるように、細い指を絡《から》めてくる。

俺はドキッとしたが、その様子はちょうど夏樹の頭に隠れてモニターに映っていない。

注意しようと「晶」と口から出そうになったが、月森たちに勘づかれたくなかったので慌てて口をつぐんだ。

一方、今度は左の袖にそっと重みがかかった。

本人はただ黙ったまま前のレンズを見つめているが、月森の指が、そっと俺の服の袖を摘《つ》まんでいた。そちらは若葉の頭に隠れて、やはりモニターには映っていない。

――月森さん……？

緊張で俺の鼓動が高鳴る。

俺の手を握る晶の手にも力が入った――

『――カメラを見て～！　3、2、1……――』

補正はかかっていたが、俺だけ補正しきれないほどの変顔で、できあがったプリクラを見た若葉と夏樹に笑われてしまった。

＊＊＊

その日の帰り道、途中の電車の中で月森たちより先に降りた俺と晶は、夕方の寒い空気の中、腕を組んで歩いていた。

「晶、今日は楽しかったか？」

「うん！　可愛い水着も買えたし、人気のカフェにも行けたし」

「月森さんたちとも遊べたしな？」

俺がそう言うと、晶は複雑そうな表情を浮かべた。

「月森先輩かぁ～……はぁ～……」

「どうした？」

「なんでもない……はぁ～……」

「そういえばお前、最初月森さんを見たとき変なリアクションだったたな？」

「はえっ⁉　そ、それは……いや～、べつに～……。綺麗《きれい》な人だなぁって思って……」

「あ、そう？」

……まあいい。

とりあえず晶と月森さんたちのあいだに接点ができたのは良かったと思う。

若葉に「晶にぃ」と呼ばれて慕われていたし、夏樹もいい子なので機会があればまた今日みたいに一緒に遊ぶのも良いかもしれない。しかし——

「そうだ、月森さんのことなんだけどさ——」

「ひゃうっ⁉」

「……意外と運動が得意みたいだな？」

「な、なんだ！　そっちね！」

……ふむ。

やはり、月森のことを訊くとなんだか挙動不審になるな……。

俺がその理由を知るのは、もう少し先のことだった。

1 JANUARY

1月15日（土）

水着選びが終わったあとは、三人で新しいカフェに行った！

全部カワイイ！　お店の様子も、食器とか、店員さんとかも！

カワイイ写真がいっぱい撮れたしウレシー！

スイーツも美味しかったし、また行きたいな～。


そうそう、ひなたちゃんにフジプロAの話をしてビックリ！

なんと、ひなたちゃんも新田さんからスカウト受けていたらしい！

しかもオーディションの話、私聞いてなかったんですけど……？

ひなたちゃんからいろいろ聞いて納得したけど、やっぱオーディションは厳しいらしい。

養成所とか行ってないから不安だけど、なんとかなるのかな？

ううん、なんとかしなきゃ！

とりあえずできることって演技力を上げること。

部活で一生懸命練習して、ひなたちゃんからいろいろ教えてもらおう！


で……ちょっと問題発生！

月森先輩とゲームコーナーであいさつしたんだけど……衝撃の事実発覚！

まあ、兄貴は気づいてないみたいだから今のところ大丈夫か、うん……。

それにしても、月森先輩の下の妹は二人ともカワイかったな～。

若葉ちゃんと遊んだけど、すごいコミュ力高くてびっくり！　ずっとニコニコしてて良い子だった！

そうそう、真嶋家VS月森家で対決した！

兄貴のために頑張った！　フェイント決めまくった！　……まあ、負けたけど。

でも、助けてくれって兄貴に頼られたとき嬉しかったな～。

もうニヤニヤが止まらん！　あ～……兄貴、好きすぎる～！

最後は五人で記念にプリクラを撮った！　最後の兄貴の顔……照れて可愛い！


でも、月森先輩のことは、ほんと、どうしたらいいんだろ……!?

第4話「じつは演劇部でプールに行くことになりまして……（前編）」

水着を買いに行った翌日、一月十六日日曜日。

俺と晶《あきら》は十時過ぎに家を出てプールに向かった。

有栖南《ありすみなみ》駅から結城《ゆうき》学園前駅でひなたと合流し、そこからさらに電車で二十分。着いた美姫尼《びきに》駅で降りて、徒歩五分のところに『K&Fプール』がある。

ここは年がら年中遊べる大型レジャープール施設で、高波の出るプール、流れるプール、ウォータースライダーなどの無料アトラクションのほかに、水着で入れるエステやレストラン、温泉などが設置されている。

到着すると、

「真嶋《まじま》先輩！　晶ちゃん！　ひなたちゃ～ん！」

先に俺たちのことを見つけた西山《にしやま》が、大きく手を振って居場所を教えてくれた。

入り口にはすでに俺たち以外の演劇部員が揃《そろ》っていた。

「待たせたな、みんな――」

演劇部のみんなに駆け寄りつつ一言謝ると、

「ううん、私も今来たところ。ねえ、今日の服装どうかな～？」

西山はテヘッと恥ずかしそうに私服を披露した。

「ん？　フツー」

「ちょっと！　真嶋先輩！　そこは『いつも以上に綺麗だね？』でしょ⁉」

「イツモイジョウニキレイダネ……」

「なんでカタコトだぁ――――っ！」

演劇の練習かと思ってセリフ通りに言っただけなのに西山がプリプリと怒った。やはり俺には芝居の才能はないらしい。非常に残念だ。

そこに伊藤《いとう》が「まあまあ」と割って入った。

俺たちの前にやってくると、俺、晶、ひなたの順でチケットを手渡してくれたのだが、

「どうぞ、お父さんがみんなで行くなら使いなさいって無料チケットをくれたんです」

どうやらこれは無料で入館できるチケットだったらしい。

「えぇっ⁉　そんな、なんか悪いよー！」

晶が遠慮して言うと、伊藤は「大丈夫だから」と言ってにっこりと笑った。

「伊藤さん、本当にいいの？」

「はい。うちのお父さんに演劇部のみんなで行くって伝えたら喜んでいたので。チケット

はちょうど持て余していたそうなので気にしないでください」

なら――ここは素直にご厚意に甘えておくべきか。

「ありがとう、伊藤さん。じゃあ遠慮なく使わせてもらうよ」

「はい」

ちなみに、そのあと西山は俺のところにこそっとやってきて、伊藤と伊藤のお父さんにはあとで菓子折を渡すと言っていた。……こういうところは部長らしいな。

それから俺たちはぞろぞろと入館して更衣室に向かった。

「じゃあ真嶋先輩、うちらの水着姿楽しみにしててくださいね～」

「お前はいつも一言余計だな、西山……」

しかし、晶が最終的にどんな水着を選んだのかは若干気になる。

人から見られるのは恥ずかしいと言っていたが、けっきょくどんなのを選んだのか。

いや、これは兄として重要な確認事項。

しかし、なぜだか、そわそわしてしまうな……。

更衣室に入り、渡されたロッカーキーの番号と同じ番号のロッカーを探し当てた。

じつはこのロッカーキーがなかなか便利だったりする。

腕時計みたいにはめて持ち運べるだけでなく、ICチップでロッカーを解錠したり、施設内で買い物をしたりするときにも使えたりするのだ。

つまり、手ぶらで施設内の無料・有料箇所を歩き回ることができ、料金はあとで精算する仕組みになっている。

……ただ、使いすぎるとあとで精算するときに痛い目に遭うが。

俺は着替え終わり、ロッカーキーを腕にはめ、待ち合わせの噴水へと向かった。

＊＊＊

女子たちは時間がかかっているようで、俺はぽつんと噴水前に立ってしばらく待った。

手持ち無沙汰に周りを見渡してみる。

なんだか懐《なつ》かしい。小学校のときはよく親父《おやじ》に連れてきてもらった場所だ。

──ここで親父に泳ぎ方を教わったんだっけ……。

今日は休日ということもあって賑《にぎ》わっているが、夏に比べれば人は少ないほうだ。

──冬に遊ぶには意外と穴場なのかもしれないな。

そんなことを思っていると、ようやく水着に着替えた演劇部一行がやってきた。

「真嶋先輩、お待たせしましたぁ〜！」

ビキニ姿でやってきた西山を見て——……ん？

「きゃっ！　どこ見てるんですか⁉　真嶋先輩のエッチ〜……！」

と、西山は胸元を隠した。

正直に言えば、胸の辺りを見たといえば見た。

ただ、なんというか……不自然に盛り上がっているというか——それ、だいぶ盛ってるだろ？

俺は温泉のときにそれとなく聞いていて知っている。

そして不可抗力にも一瞬部室で見てしまったから知っている。

なにがとは言わないが、ひなた、伊藤、西山、晶の順番だと……。

——いや、あれは西山の努力の結晶だ。俺にそれを否定する権利はないんだ……。

「なんですか、その人を憐《あわれ》むような目は……？」

「その……頑張ったな？　ほんと偉いと思う……」

「どうせ見るならもっとヤラシー目で見てくださいよっ！」

褒めたのに叱られた？　いや、求められたのか……？　……まあいい。

西山の水着は、あの不自然な盛り上がりを除けば、似合っているといえば似合っていた。

続く伊藤たちもそれぞれに合った水着を着ている。あまりジロジロ見たらいけないと思いつつ、こういうのはやはり個性が出るものだと思った。

——ところで。

晶とひなたの姿が見当たらないと思っていたら、遅れてやってきた。

「お、お待たせ、兄貴……」

「涼太《りょうた》先輩、みんな、遅れてごめん！」

俺は絶句した。

西山たちも絶句した。

水着に着替えた二人は……いよいよ筆舌に尽くし難《がた》い。

ただ、俺の拙文で伝えるとするならば「可愛《かわい》すぎてこいつはまずい」ということだ。

晶はフリル付きのビキニで非常に可愛い。布の面積はそれなりにあって無難だが、それでも活発な晶の魅力を引き立たせている。

「どうかな……？」

膝と膝を擦り合わせるように、もじもじと周りの目を気にしている。

——恥ずかしいというより、自信がない？

「すごく、似合ってるぞ……」

真っ赤になりながらそう言うと、晶はカーッと赤くなってひなたの陰に隠れた。

そのひなたはというと、大人っぽい黒いビキニ姿。プロポーションは本人が気にするほどではなく、むしろ大人顔負けの美しさだ。

晶がアイドル系だとしたら、ひなたはグラビア系か。

通りすがる男たちが、みんな二人を見て鼻の下を伸ばしていた。

「あの……これ、大丈夫ですかね？」

「あ、うん……。すごく似合ってると思うよ……」

――というか、どうして二人とも俺に訊《き》く？

照れ臭くてそっぽを向くと、ちょうど不貞腐《ふてくさ》れたような西山と目が合った。

「私にはツンな態度しかとらないくせに、晶ちゃんたちにはそういう顔するんですね？」

しかたがないだろうと言いたくなったが、やはり演劇部の二大看板女優。演技力だけじゃなく容姿も優れている。……いやほんと、可愛すぎてこいつはまずい。直視できん。

「に、西山、全員揃ったぞ？」

「あ！　今誤魔化しましたね!?」

「いや、ここで突っ立っててもなんだから、早く移動しよう……」

またプリプリと怒る西山をなんとかなだめすかし、ようやく移動を始めた。

＊＊＊

「拠点はここにしましょ～！」

プールサイドの一角、ビニールシートを敷いて、俺たちは荷物を固めて置いた。貴重品はすべてロッカーなので、荷物といっても浮き輪やボールなどの遊具とタオルなどだ。

念のため、全員で準備体操をすることになった。――これ、非常に大事。

西山の「いちに、さんし」に合わせて全員で真面目に準備体操をするが、客観的に見たらそこそこシュールな光景に違いない。

「じゃあ一時集合で、荷物を置いて泳ぎに行きましょ～！」

さっそく高村《たかむら》、早坂《はやさか》、南《みなみ》のいつもの三人組は流れるプールに向かった。

「涼太先輩、私は晶と二人で波のプールに行こうと思うんですけど」

「兄貴も一緒に来る？」

「ああ。――西山と伊藤はどうする？」

ビニールシートにちょこんと座った伊藤は、

「あ、私はここで念のために荷物番を……」

と、遠慮がちに言う。そして西山は——

「私は男漁《あさ》りのために、その辺をウロウロしてきます！」

なんのために準備体操したんだこいつは。

……まあ、ほっとくか。

「じゃ、行こっか兄貴」

「涼太先輩、行きましょ〜」

二人は俺の両腕をとって波のプールに向かった。

ところで、さっきから視線が痛いのは気のせいではないらしい。周りの男性客から嫉妬と憎悪《ぞうお》に満ちた視線をひしひしと感じる。

「あのさ、腕、離してほしいというか……」

「なんで？」「どうしてですか？」

——なんだこのダブル無邪気？

自分たちの可愛さを自覚しろ。俺はイケメンになれないから……。

すると、他の男性たちがいそいそとどこかに向かっていた。

「向こうでグラビアの撮影やってるんだってさ！」

「山城《やましろ》なんちゃらって子だろっ！　急ごうぜ！」

――ふ～ん。グラビアの山城なんちゃらか～……ん？　山城って、たしか前に建《たける》さんが言ってた山城みづ――

「ほわぁ――――――っと！」

いきなり晶が奇声を上げて腕に力を込めたせいで、俺はぐらついてしまった。

反対側で俺に腕を絡《から》めているひなたも驚いている。

「な、なんだよいきなり⁉」

「どうしたの、晶……？」

「な、なんでもないよ～……。それより兄貴、ひなたちゃん！　急ごうっ！」

「わ、わかった……」

――なんだ今の？

多少腑《ふ》に落ちないものを感じつつ、俺たちは少し急いで波のプールに向かった。

＊　＊　＊

波のプールに着くと、さっそく晶が波打《なみう》ち際《ぎわ》で足をパシャと水につけた。

「うわ～、気持ちいいよ、兄貴！」

続いてひなたと俺も水に足をつけ、三人でそのまま深いほうへと進み、腰の辺りまでつかる。なかなか良い水加減（？）だ。

「えい！」

「おわっ！」「きゃっ！」

晶が急に水をかけてきた。定番のアレである。

「先制攻撃ぃ〜！」

「うわっぷ！　やったな〜！」

「もう！　晶！　このこの〜！」

お互いに笑顔でパシャパシャと水を掛け合って遊ぶ。

童心に返ったようで楽しい。

そうしてさらに深いところへと向かったのだが、二人には思いのほか深かったようだ。

「兄貴、肩につかまっていい？」

「私もいいですか？」

「ああ、いいぞ」

二人の体重が少しだけ肩にかかったが、浮力のおかげでキツくはない。ただ——

「うわ〜！　流される〜！」

「きゃっ！」

二人は楽しそうだが、俺はそれどころではない。

まず、波のせいで顔面に思いっきり水がかかる。

次いで両腕に柔らかい感触がやってくる。

今のところひなたが優勢だが、うちの義妹《いもうと》も負けてはいない。

「兄貴、流されちゃうよーっ！」

と、晶が完全に俺の背中にしがみついた。

「涼太先輩、ごめんさいっ！」

今度はひなたが正面から抱きつく格好になった。

俺はというと――

「ゴポゴポ……二人とも……ゴポゴポ……ちょっと……ゴポゴポ……離れて――」

プールの水と二人の柔らかさの両方に溺れかけていた。

＊　＊　＊

波のプールから拠点に戻ってきたあと、晶とひなたは伊藤を連れて流れるプールのほうへ向かった。ちなみに伊藤はカナヅチらしく、浮き輪が必須なんだとか。

俺は一人、拠点に残ってのんびりと休憩していたのだが、

「ねえ、そこの君、一人？　遊ばない？」

と、後ろから声をかけられた。

「そういうそこの君こそ一人だな、西山……」

振り返ると西山《やつ》がいた。

「面白くないなぁ。もうちょっとドキッてしてくださいよ〜？」

「してたまるか。――で、お前のほうは？　首尾はどうなんだ？」

「もちろんナンパされまくって――」

「……て？」

「ないです、はい……」

西山は残念そうに俯《うつむ》いたが、まあなんとなくわかっていた。

「チクショ〜、巨乳作戦失敗か！」

「巨乳というより虚乳だからな。あんま言いたくないけど、それはダメだ……」

「でも、男は大きいほうがいいんですよね⁉」

「んなことはない！」

それにしても、どうしてこいつとこんな話をしなければならないのか……。

俺はほとほと呆《あき》れた。

「ところで真嶋先輩はここで待機ですか？」

「晶たちが流れるプールに行ってるから、ちょっと休憩中だ。お前はこのあとどうするんだ？」

「私もちょっと休憩します」

西山は俺の隣に座った。

「てか、もうナンパされるのは諦めます。疲れました」

「いい心がけだ。だいいち、部長が率先してやることじゃないからな、それ」

「でもでも、私だって彼氏欲しいんですもん！」

だからと言って、ナンパに期待するのはちょっとどうかと思うが。

「だったら普通にしてろよ？」

「普通って？」

「だから、奇妙な言動を控えて、黙って歩いてたらモテるだろうってこと」

「人を奇妙とか言わないでくださいよ！」

「あ、そう？　まあなんでもいいけど、普通が一番だろ」

西山は「う～ん」と小首を傾《かし》げた。

「でも、普通ってなんでしょうね？」

「ん？　まあ、自分を偽らないというか、自然体ってことじゃないか？」

「私は……まあ、こういうキャラなので」

西山は苦笑いを浮かべる。

「キャラ作りか？」

「う～ん、どうでしょう？　でも、中学まではこういう感じじゃなかったんです。真面目ちゃんというか、演劇部でもちょい役だったし、図書委員とかやってました」

「そうだったんだな？　なんか意外だ」

「意外ですか？」

「ああ。体育祭とか行事で盛り上がるタイプだと思ってた」

「そういう陽《よう》キャっぽいノリに憧れてました。だから高校ではっちゃけたかったのかも」

「まあ、はっちゃけすぎでアイタタなところはあるけどな？」

「もう！　先輩はいつも一言余計です！」

「お前もな……」

ちょうどそのとき、流れるプールで楽しそうに遊ぶ晶とひなたと伊藤が見えた。

三人で仲良く流れているのを見ていたら、

「真嶋先輩！　あれやりましょ！」

と、西山がここの名物であるウォータースライダーを指差した。

「まあ、べつにいいけど……」

「やった～！　じゃあ行きましょ行きましょ！」

＊　＊　＊

ウォータースライダーはなかなか人気のようで、少し並んで待った。その間、俺はずっと西山と他愛のない話をしていた。

そしてようやく俺たちの番が回ってきて、元気なスタッフのお姉さんの誘導に従い、ウォータースライダー用の大きめの浮き輪に乗ることになった。

「俺が前に行くか？」

「いえ、先輩は後ろからギュッてしてください」

「しない。振り落とされたら自己責任だ」

などとアホなやりとりをして、けっきょく西山が前、俺が後ろに乗った。

「それではいってらっしゃーい♪」

スタッフのお姉さんに見送られ、いざ出発――

「うおおおぉぉぉ――――っ⁉」

「きゃあああぁぁぁ――――っ⁉」

浮き輪の取っ手をしっかり握っているが、グネグネに曲がりくねったコーナーで左右にGがかかり振り落とされそうになる。

最後の直線で一気に加速し、そのまま――

ザッパ――――ン！

勢いよくゴールに突っ込み、水しぶきが上がった。

「ぷはっ！　大丈夫か、西山！」

「はい、平気です！」

「じゃあ上がる……ぞ……――」

俺は思わず右手で目を覆った。

「どうしたんですか、真嶋先、パイ……――」

西山も気付いたらしく「きゃあ！」と胸元を手で押さえて水の中に逃げる。

どこから説明していいのかわからないが……とりあえず西山のビキニのトップスがなかった。

ここからは俺の推測も混じるので正確な情報かと言われれば勘弁してほしい。

まず西山の胸部を覆っていた胸部内装甲がウォータースライダーのどこかで抜け落ちた。

なぜそれがわかるのかと言えば、俺たちが着水してしばらくして、二つのそれがウォータースライダーから遅れて流れてきたからである。

パイはパイより出《い》でてパイより厚し——といったところか。

つまり、厚めの胸部内装甲が外れたことにより、そこに大きな隙間が生じたことになる。

これによりトップスの部分が脱げやすくなり、着水の際に外れてしまったのだろう。

まとめると、お約束だった。

さすがは我が演劇部の部長、メロス西山。

きっちりと約束を守るやつである。

たとえ俺が邪智暴虐《じゃちぼうぎゃく》の王に磔《はりつけ》にされようと、きっとギリギリ間に合って刑場に駆け込んでくるだろう——

「感心してないで探してくださいよ———っ！」

「ああ、うん……。みんなに見られてるし、俺まで恥ずかしいからな……」

部長はひどく赤面した。

＊　＊　＊

昼になり、俺たちはレストランで食事をとっていた。

このあとの予定としては、少し休憩をとってから夕方までまた遊ぶらしい。

演劇部としての活動は？　と、若干引っかかるところはあるが、みんな気にせず楽しんでいる。こういうときは水を差さないほうがいい。

「兄貴兄貴」

隣に座る晶が俺にだけ聞こえるくらいの声でそっと言ってきた。

「どうした？」

「さっき僕とひなたちゃん、いきなり知らない男の人たちに声かけられたんだ」

「え!?　どうしたんだ、それ……？」

「彼氏と来てるからごめんなさいって言ったら、あっさりいなくなっちゃった」

「そ、そうか。ならいいんだけど……彼氏？」

すると晶はゆっくりと俺を指差し、次にゆっくりと自分を指差し、今度は悪戯《いたずら》っぽく笑って人差し指をシーッと唇に当てる。

そういうことかと理解して、俺は慌てた。

こんな俺たちのこっそりとしたやりとりが見られてるのではないかと気になって周りを見てみたが、それぞれ会話に夢中で、誰も気にしていなかった。

そのあとも俺たち兄妹《きょうだい》にしかわからないやりとりが続く——

「兄貴的にはイヤ?」

「いや、お兄ちゃんと来てますでいい気もするんだが……」

「僕的には彼氏と来てますのほうが効果的な気もするけど?」

「そ、そうか?　まあ、必要ならどうぞ……」

嘘《うそ》も方便。ただ、俺としては気恥ずかしい。

こんなやりとりを続けながら、晶はさっきからテーブルの下でわざと俺の脛《すね》に爪先《つまさき》を柔らかくぶつけたり、すべすべと足の裏で脛の辺りを撫《な》でてくる。

まるでこの状況を楽しんでいるようだ。

水着で開放的になっているのか、いつにも増して今日は積極的に絡《から》んでくる。

——というか、今日の晶ははっちゃけすぎている気が……。

俺が羞恥に堪えていると、ひなたが晶と同じ話題を西山たちにしていた。

「──でね、私も彼氏がいるから無理ですって断ったんだ」

と、ひなたが俺を見て顔を赤くしながら申し訳なさそうな顔をする。

すると伊藤も、

「私も荷物番をしていたら声をかけられたので、彼氏がいると言って……」

と、上目遣いで俺を見た。

これはまあ、そういうことなら仕方がないが、俺は何人と付き合ってる設定だ？

ちなみに高村たち三人組も男性から一緒に遊ばないかと誘われたらしい。ただ、三人の中で比較的気の強い高村がしっかり断ったので問題なかったようだ。

それにしても、改めてこうして見ると、うちの演劇部は美少女揃《ぞろ》いだと思う。

普段の活動を見ていても、手芸部は作った衣装を着させたがるし、写真部はそれを撮りたがるし、映研《映像研究部》からは自主制作短編映画のオファーがあったりもして、ずいぶんと周りからチヤホヤされている気もする。

ただまあ、若干一名この話題についていけてない人物もいるが──

「えっと、和紗《かずさ》ちゃんはなにかあったの？」

「伊藤さん！　その話題は──」

俺は慌てて止めに入ろうとしたが、次の瞬間には西山の口が動いて——

「私は……真嶋先輩に恥ずかしいところを全部見られちゃった♪」

演劇部に電流が走る。

「兄貴っ⁉」「涼太先輩⁉」「「「真嶋先輩⁉」」」

……ふむ。

ここは冷静に、冷静に……。

恥ずかしいっていうのはあれか？　あの二つの胸部内装甲のことか？

それに全部というわけではない。嘘も方便と言うが、これは真っ赤な嘘。

でも、怒るな俺。冷静に、みんなに水を差さないように、ここは我慢だ我慢……。

あとでじっくりと西山と話すとし——無理。

「西山ぁあああ————————っ！」

「ひえぇぇぇぇ————————っ⁉」

西山は小さくなって伊藤の陰に隠れた。

1 JANUARY

1月16日（日）

今日は演劇部のみんなとプール！

『K＆Fプール』っていう一年中やってる屋内プールに行ってきた！

みんなで着替えてるあいだ、ちょっと引っかかることが……。

和紗ちゃんが言ってたけど、兄貴は胸が大きい子が好きかもとのこと。

言われてみれば、たしかに……。

兄貴が私に目もくれないのはそのせいか！

それで、更衣室でちょっと悩んでたら、ひなたちゃんに声をかけられた。

正直に、水着姿を見られるのが恥ずかしいって言ったら、ひなたちゃんは「涼太先輩をあっと驚かせよ？」って元気づけてくれた。

そうだよね？ 相手がどんな人でも、私が頑張らないとダメだよね？

そう思って、ちょっと恥ずかしくて自信はなかったけど、ひなたちゃんと一緒に更衣室から出ていったら、兄貴、顔を真っ赤にしてくれた。

私の水着姿にドキドキしてくれたし、似合ってるって言ってくれたから、ちょっと自信がついた。胸は大きくないけど……もう一度頑張ろうって思った！

……かと思ったら、兄貴ときたらやることはやってましたね……。

和紗ちゃんとウォータースライダーでお約束とか、ベタすぎる……。

兄貴は見てない、セーフだって言ったけど、兄貴のあの反応は、見たな？

まあ、それはいいとして……

まだまだ楽しいことが続きます！

第5話「じつは演劇部でプールに行くことになりまして……（後編）」
「もう、ウォータースライダーとかド定番じゃないか……」

水着のまま男女で入れる温泉に向かいつつ、隣を歩く晶《あきら》がぷくっと頰を膨らませていた。

「ド定番とか言うな。だいいち、俺はギリ見なかった。セーフだって」

「本当〜？」

「本当に本当……」

ならいいやと晶は言って、二人きりなのをいいことに俺の腕に自分の腕を絡めてきた。

水着ということもあって、直接肌と肌が触れ合い、これがなかなかに気まずい。

「これ、彼氏のフリか……？」

「う〜ん……夫婦？」

「気が早い！」

「えへへへ〜♪　でもでも、僕、ずっと兄貴とこうしたいなって我慢してたんだ〜」

誰かに見られたらどうするんだという緊張が高まる。

他の演劇部員たちはみんなで波のプールで遊んでいるので心配ないが、下手《へた》をすれば学校の誰か、知り合いが見ているかもしれない。

だから、さっきから俺の胸はドキドキと高鳴りっぱなしだ。

うちの義妹《いもうと》は二人きりになるとどうしてこう大胆になるのか。

――いや、やっぱり今日はいつにも増してはっちゃけすぎてるな……。

「ちゃんと感想聞けてなかったけど、僕の水着、どうかな？」

「そんなの、可愛《かわい》いに決まってるだろ……」

「兄貴が素直に可愛いって言ってくれた⁉　嬉《うれ》しいぞーっ！」

「だからオイ！　歩きづらいって！　は～な～れ～ろ～！」

そうして歩いていると、目線の先に温泉の扉が見えてきた。

「兄貴、ここ？」

「ああ。それじゃあ入るぞ――」

扉を開くと、バスケットコートほどの広さの温水施設があった。

ここ『K&Fプール』は地熱を利用して年中入れるようにしているらしい。

露天風呂《ろてんぶろ》こそないがジャグジーやサウナがあって、風呂好きの俺にとってはここに来る一番の醍醐味《だいごみ》だったりもする。

「じゃあ……二人でシャワー浴びる？」

「その言い方……」

わざとらしい。悪意がある。

「じゃあほかになんて言えばいいの？」

「だから、そういうときはだな……えっと……」

晶はくすりと笑って俺の手を引く。

「誰かが来る前に、行こ、兄貴」

「あ、ああ……」

＊＊＊

「ふいぃ～、気持ちいいねぇ～」

「ああ、最高だな～」

シャワーで軽く身体《からだ》を流したあと、俺と晶は温泉に浸《つ》かりながら浴槽の壁に背を預け、ぐいっと脚を伸ばしていた。

たまに晶はこちらを向いて笑顔を向けてくる。

そのうち周りから人がいなくなると肩と肩が触れ合った。

晶はそのまま俺の肩に頭を乗せてくる。

「照れてる？」

「そりゃな……」

照れないはずがない。

「でもさ、こういうのなんか良くない？」

「そうか……？」

「僕的にはお家《うち》で毎日でもいいんだけど？」

「いや、それはなし……。というかお前、今日は水着だからっていつもより言うこともやることも大胆すぎるぞ？　なんかあったのか？」

家でもだいたい二人きりのはずだが、これほど大胆に迫られるとかなり苦しい。

理性を抑えるこっちの身にもなってほしい、と――

「あ、兄貴と二人きりだからね～」

「それだけか？」

「そ、それだけだって……なんで疑うのかしら～……」

――かしら……？　なぜ、視線を逸《そ》らす？

「てことで、ちょっと失礼！」

「って、オイ！　晶⁉」

「いいからいいから～」

晶はいきなり俺の脚のあいだに割り込んできて正面に座った。

そのまま背中を俺の胸に預けると、晶の頭が俺の頬に当たる。

「う～ん、ベスポジ。背中もだけど、ここも落ち着くな～……」

「あのな……」

周りを見たが俺たちのほかは誰もいなくなっていた。

二人きり――扉のガラスの向こうを見ても、誰かが入ってくる気配もない。

「誰もいないし、水着着てるから平気でしょ？」

「へ、平気じゃない……！」

「照れんなって」

「照れるわっ！」

やはりいつもよりはっちゃけすぎている。

「兄貴、後ろからギューッてしてほしいな～」

「なんで⁉」

「安心したいから」

すると晶は少し深めに温泉に浸かり、首を背中のほうに傾け、下から俺を覗《のぞ》く格好になった。俺の目線からだと、晶のおでこから先、鼻や口、胸から先が見える。

「温泉旅行のときね──」

晶は急に真面目なトーンになった。

「あの山で遭難しかかったとき、兄貴からギュッとしてくれたよね？」

「あのときはとにかく必死だったんだ……」

「そう。兄貴が必死に僕を守ろうとしてくれたの、安心したし、嬉しかったんだ。兄貴は妹を守るつもりだったかもしれないけど、僕は女の子として嬉しかったんだ……」

晶はそう言うとごろんと身体を返す。

真正面に晶の顔が近づいてきた。

瞳が揺れている。

顔が赤いのは、きっと温泉のせいだけではない。

「兄貴、腕を伸ばして……」

「どうして？」

「僕が兄貴の胸に飛び込みたいから……」

「いや、しかし……」

「イヤ？」

「嫌かどうか訊《き》かれたら、その……」

「お願い……」

どうして今日はこんなに積極的に迫ってくるのか。

しかし、言われた通りにしないとこの場は収まってくれそうにない。

だから俺は言われるがまま腕を伸ばし──

「あれ、涼太《りょうた》先輩……？」

──瞬間的に晶をギュッと抱きしめてしまった。

「ひ、ひなたちゃん……⁉　どうしたの⁉」

いつの間にかひなたが背後に迫っていた。

俺は反射的に晶を隠そうとしてしまったせいで、晶の頭を胸のあたりで抱きしめている格好になっている。……これ、マズいな。

「晶を見ませんでしたか？　涼太先輩と一緒に来ていると思ってたんですが……」

──気づいてない⁉

「サ……サウナのほうに行ったんじゃないかな……？」

「サウナですね？　わかりました！」

ペタペタと遠ざかる足音が聞こえてきた。

サウナの扉が開く音を確認して、俺はそっと晶の肩を掴《つか》み、優しく引き剝がす。

「危なかったぁ～～～……」

「プッ……ふふっ、あははははっ！」

晶が急に噴き出した。

「オイ！　笑い事じゃないぞ、まったく……」

「だって兄貴の心臓の音が……くくっ……」

心臓が破裂するほど緊張していたが、その音をどうやら聞かれていたらしかった。

「だ、誰だってこの状況じゃそうなるっつーの！」

膨《ふく》れっ面《つら》でそっぽを向く。ところが――

「チュ……――」

急に頰に唇を押し当てられた。

「晶、おまっ……⁉」

「えへへ〜♪　続きはまた今度！　じゃあ僕サウナに行くから兄貴もあとで来てね？」

そう言って晶はにこっと笑って去っていく。

ただ、顔が真っ赤なあたり、じつは相当恥ずかしかったのだろう。

しかし、恥ずかしさと行動が逆をいくのはズルい。僕だって頑張ってるんだぞ、と言われているようで、つい気持ちが傾いてしまいそうになる。

俺は天井を見つめながら、しばらく羞恥心と戦った。

──可愛すぎて困るんだよ、ほんと……。

風呂好きの俺としたことが、なんだかのぼせそうである。

＊　＊　＊

「私、決めました。オーディション受けようと思います！」

ミストサウナの中、唐突にひなたが言い放ったのを聞いて、俺と晶は驚いてひなたの顔を見つめた。

まさかここでその話が飛び出すとは思っていなかったが、ひなたの決心は固いらしい。

「じゃあ、ひなたちゃんも役者の道に進むんだね？」

「はい！　頑張ってみようと思います！」

ひなたは力強く言った。

たぶんだが――お兄ちゃん離れすると決心したひなたは、光惺《こうせい》の顔色を窺《うかが》ったりせず、自分自身で自分のこれからを決めたのだろう。

ひなたの目指すところは兄の背中ではなくて自分の未来。

だから、少しほっとした。

きっと光惺もそれを望んでいるだろう。

光惺の安心しきった表情が思い浮かんだところで、俺は笑顔を向けた。

「応援するよ。なあ、晶？」

「うん！　ひなたちゃん、これからも一緒に頑張ろ！」

「ありがとうございます、涼太先輩、晶！　晶、一緒に頑張ろうね！」

ひなたの表情は太陽のように明るかった。

「そうだ、上田《うえだ》先輩にはそのこと言ったの？」

「お兄ちゃん？」

俺からは訊《たず》ねづらいことを晶が言うと、ひなたはむぅ～っと悩む顔をした。

「言ったんだけど、勝手にしろって……」

「ん〜……相変わらず冷たいなぁ、上田先輩」

まあ、あいつらしいといえばあいつらしい。

「そうしたら、いきなり演劇関係のＤＶＤとか本を買ってきてくれて……」

「なにそれ優しい！　ほんとに無関心だったらそんなことしないよね⁉」

あいつらしくないな……。

「でも、出世払いであとで払えって言って……」

「じゃあやっぱ冷たいか……。普通そういうのって妹の将来のためにお金なんて気にする
なとか言う場面だもんね……」

「そうしたら、頑張れよって声をかけてくれて……」

「なにそれ優しい！　普通、興味ない相手には優しい言葉なんてかけないもんね⁉」

「そうしたら、まあどうせ無理だと思うけどな、とか言ってきて……」

「じゃあやっぱ冷たいか……」

「そうしたら、ついでにケーキ買ってきたぞって、私の好きなお店のケーキを渡してきて
……」

「なにそれ優しい！」

「お前のためじゃなくて俺が食うためだとか言って……」

「冷たっ！」

——ひなたちゃんの前だとすげぇ面倒臭いな、あいつ……。

「ほんと、なに考えてるかさっぱりわからないけど……涼太先輩はどう思います？」

「ま、まあ、とりあえず『優しいほう』だとは思うよ、うん……」

——面倒臭いが。


そんな話をしたあと、ひなたは再びプールのほうに向かった。

再び俺と晶は二人きりになり——

「ならばイチャつくか」

「『ならば』の使い方、完全に間違ってるからな、それ？　どこから『ならば』持ってきた？　というかイチャつかんっ！」

「理屈っぽいのきらーい♪」

「て、オイ！　人の話を聞けーっ！」

俺の言い分を無視して、晶は「兄貴兄貴」とくっついてくる始末。

これが兄貴と義妹《いもうと》か？　と訊かれれば……やっぱ違うな。

＊　＊　＊

ミストサウナでだいぶ持て余したあと、俺と晶はいったん拠点に戻ることにした。

通路をぺたぺたと歩きながら戻る最中、

「ううっ……ここ、どこなの……？」

と、泣いている女の子を見つけた。

ピンクでフリフリの水着を着た、小学校に上がったか上がらないかくらいの女の子で、栗色《くりいろ》の髪は首の付け根あたりまで伸びている。

「兄貴、あの子、迷子っぽくない……？」

「そうだな。声をかけてみるか――」

俺と晶は泣いている女の子に近づいてしゃがんだ。

「君、どうしたの？　大丈夫？」

なるべく笑顔をつくって声をかけてみる。女の子は一瞬びくりと反応した。

「ふえっ……パパ、ママ、いないの……」

「パパとママを探してるの？」

女の子がコクリと頷《うなず》くと、俺と晶は困ったように顔を見合わせた。

「探すにしてもこの広さだとちょっとな……」

「うん。こういうときは受付に行くのがいいかも」

俺は「だな」と言って、再び女の子に話しかける。

「じゃあ、お兄ちゃんたちと一緒にパパとママを見つけてくれるところに行こっか？」

「うん……」

「俺は涼太。で、こっちが晶」

「りょーたおにいちゃんに、あきらおねえちゃん……？」

「うん。君のお名前は？」

「すずか……」

「すずかちゃんか。じゃあ晶お姉ちゃんとお手々つないで行こっか？」

「兄貴、ちょっと待って――」

晶がすずかちゃんの足元を指す。

「擦り剝《む》いてるけど、どこかで転んじゃったの？」

「うん……ひりひりする……」

「じゃあ涼太お兄ちゃんにおんぶしてもらおっか？」

「うん……」

俺が背中を向けると、すずかちゃんは俺の首に腕を回し、ゆっくりと背中にしがみついてきた。晶がすずかちゃんの背中を支える。

そのとき、ふと――


「――あれ……？」


すずかちゃんを負ぶいながら立ち上がって、俺は固まってしまった。

「どうしたの、兄貴？」

「え……ああ、いや……」

なんでもないと言いながら歩き出したが、俺はすずかちゃんを負ぶいながら、なぜか不思議な気分だった。

小さい子をおんぶしたのが初めてだったからだろうか。

軽くて、もろそうで、それなのに強そうななにかが背中から伝わってくる。

晶を負ぶったときとは違う、なにかべつの感覚。

それをどう表現していいかわからないが、いたく懐《なつ》かしいような、それでいて寂しいような、そういうなんとも言えない感覚だ。

「あの……すずかちゃんの歳《とし》は？　いくつ？」

「ごさい……」

「そっか。じゃあもうすぐ小学校？」

「うん……」

「そっか……」

ふと、隣を見ると晶が俺の顔を「どうしたの？」と不思議そうに見つめている。

俺はなんでもないと首を振ったが、受付に行くまでモヤモヤとしたなにかが心の中で形をつくろうとしていた。

そして、その形がはっきりしないままに受付に着いた。

受付のスタッフのお姉さんに事情を説明し、俺は背中からすずかちゃんを降ろして引き渡そうとした。

「じゃあすずかちゃん。ここでパパとママを見つけてもらおっか――」

するとすずかちゃんは俺の背中にしがみついてきた。

「ここ、ここがいい……」

「あらら、お兄さんの背中が気に入っちゃったのかな～？」

受付のお姉さんが笑顔で声をかけても、すずかちゃんは「イヤ」と言うばかり。

見かねた晶がすずかちゃんの頭を撫《な》でる。

「どうしたの、すずかちゃん？」

「りょーたおにいちゃんといっしょがいい……」

俺と晶は顔を見合わせて苦笑いを浮かべる。

まあ、それならしかたがないかと思い、ご両親が来るまで一緒にいようと覚悟した。

すると晶はいつも自分の前髪を留めている赤いヘアピンを外した。

「すずかちゃん、おまじないしよっか」

「おまじない……？」

「またお兄ちゃんとお姉ちゃんと会えますようにって——」

そう言うと晶はすずかちゃんの前髪をヘアピンで留めた。

「とっても可愛《かわい》いよ。僕よりも似合ってる」

「くれるの？」

「うん。もう一つあるしこうしてたら目印になるから。街で会ったらすぐにすずかちゃんだって、僕や兄貴もわかるから」

そう言って晶はすずかちゃんににっこりと笑いかけると、すずかちゃんは俺の背中から

ゆっくりと降りる。そして不思議そうにピンを撫でると、ようやく笑顔になった。

「ありがと、あきらおねえちゃん」

姉妹とまではいかないが、この二人を見ているとなんだか微笑《ほほえ》ましかった。

ただ、やはり、なぜか……――いや、たぶん俺の気のせいだろう。

そのあと迷子の館内放送が一度しか流れなかったので、おそらくすずかちゃんのご両親がすぐに受付に行ったのだと思った。

＊＊＊

拠点に戻った俺たちは、そこからまたウォータースライダーを滑ったり、流れるプールでひとしきり遊んだ。

帰るころにはすっかりくたくたになっていたが、最後に全員で記念撮影をした。

「それじゃあみんな、また明日からも頑張ろうね！」

西山《にしやま》が部長らしくそう言って、俺たちは駅で別れた。

電車で疲れて寝てしまった晶を負ぶったまま家に帰ってきた。親父《おやじ》と美由貴《みゆき》さんはまだ帰ってきていなかったが、もうそろそろ帰ってくるころだろう。

リビングに入り、そっと晶をソファーに寝かせ、上から毛布をかけてやった。

──今日ははしゃぎすぎて疲れたんだろうな……。

しかし、今日のはしゃぎ具合はいつにも増して強めだった。

そこになにか違和感を覚えていたが、晶はなにかを俺に隠しているのかもしれない。

まあでも、晶のことだからきっと悪いことを隠しているわけではなさそうだが。

晶の寝顔を見ながらやれやれと思っていると、俺のスマホに着信があった。

俺は晶を起こさないように廊下に出た。

『──よお、真嶋《まじま》。元気か？』

「どうしたんですか急に？」

電話の主は晶の実父の建《たける》さんだった。

『なに、新年早々バタバタしてな、ようやく時間が空いたから晶にかけたが繋《つな》がらねぇ。で、お前にかけたってわけだ』

「晶は寝てます。今日はプールに行って疲れたみたいで。忙しそうでなによりです」

『まあな。ありがたいことにしばらくは食いつなげそうだ』

建さんは元気に頑張っているらしい。

俺は、晶も元気に過ごしていると伝え、軽く互いの近況を報告し合った。

『——そうか。フジプロAからの連絡待ちか。しかし、お前もずいぶんな大見得《おおみえ》を切ったもんだな？　ええ？』

「あははは……。まあでも、俺は俺でもう一つの道を見つけましたから。アドバイス、ありがとうございました」

『そうか……』

ため息に近い「そうか」のあとに沈黙が流れた。

『あのな、真嶋。一つお前に頼みてぇことがあるんだ……』

「なんですか？」

『いいか、晶には絶対に言うなよ？　男同士の約束。大事なことだ——』

約束させられている、そういうような重たい口調に、俺は少し身構えた。

しかし、その電話を受けたせいで、まさかあんなことになるなんて——

1 JANUARY

1月16日（日）

いっぱい兄貴がドキドキしそうなことを試してみた！

小声で話してみたり、テーブルの下でちょっかいかけてみたり、一緒に温泉入ったり！

兄貴はずっと私でドキドキしっぱなし！

特に、温泉！　兄貴とくっつきながらの温泉！

水着は着てたけど、それでも兄貴と入れて、すっごくドキドキしたし、兄貴をドキドキさせられたから、私としては頑張ったかな？

ほっぺにチューもしたし、いい思い出がつくれたな～！


あと、サウナでひなたちゃんと話したけど、やっぱりオーディションを受けるみたい！

ますます私も頑張らなきゃだけど、ひなたちゃんと一緒にデビューできたら嬉しいな。

ひなたちゃんが先にサウナから出たから、また兄貴と二人きり。

くっついて、いろいろお話しして、イチャイチャができて大満足！

いろんな意味でスッキリ！


帰るときはちょっと眠くて、電車でひなたちゃんと寝ちゃってた。

そのあと家までは兄貴がおんぶしてくれた！

じつは途中でちょっとだけ目が覚めたんだけど、兄貴の背中って、大きくて、あったかくて、ほんと大好きだな～って思った！


そうそう、おんぶといえばすずかちゃん！

兄貴の背中がすごく気に入ったみたいだけど、そこは私のベスポジ！

なんて、ちょっと対抗意識を燃やしちゃったりするけど、素直そうな良い子だった。

パパとママにちゃんと会えたかな？

私のあげたヘアピン、使ってくれたら嬉しいな～。

またすずかちゃんと会えますように！


ほんと、今日は最高の一日でした！

第二幕

第6話「じつはクラスメイトのことが気になり出しまして……」

「──はぁ？　バスケ辞める？」

高校入試の話題になり、俺は光惺《こうせい》にそんなことを話していた。あれはたしか学校帰り、二人でぶらぶらと歩いていたときだ。

「ああ。高校は帰宅部にしようと思ってさ」

「つーかお前、県選抜（選手）じゃん？　バスケで推薦きてんだろ？」

「結城《ゆうき》学園の一般受験にした。併願だけど今んとこ第一候補。家近いしさ」

たぶん負けん気と努力だったら誰よりも自信はあった。

けれど、俺がバスケを辞める理由はそこではなかった。

「まだ準決勝の最後のフリースロー気にしてんの？」

「……………」

「うちが負けたのは、べつにお前のせいじゃないって」

光惺はそう言ってくれたが、俺は俺自身の弱さのせいで負けたと思っている。

「ま、べつにいいけど。――で、高校入ったらどうすんの？　バイト？」

「いや、家のこともそろそろちゃんとしないとなって」

「家のこと？　親父さん、バスケ続けろって思ってないか？」

「まあ、そうかもだけど俺も家事とか手伝おうと思って。だから、バスケは中学までで十分だ」

「そっか……」

「そういや光惺は？　まだ進路決めてないなら一緒に結城学園受験しないか？　今度引っ越すお前ん家《ち》、たしか近いだろ？」

「……まあ、考えとく」


そのあと、けっきょく俺と光惺は結城学園に入学した。

俺は、しばらくはちゃんとしようとした。

でも、なんだか心にぽっかりと穴が開いたような気がして、無気力になって、ダラダラとやる気が起きなくなっていった。

もちろん自分で決めたことだから言い訳はしない。

ただ、しばらくは、消化不良のなにかが胃袋のあたりにモヤモヤと残っていた——

＊＊＊

演劇部でプールに行った日の翌日、一月十七日月曜日。

昨日も昔の夢を見て若干寝不足気味な上に、思ったよりも筋肉痛で身体《からだ》が重い。

そんな気怠《けだる》さを感じながら教室の扉を開けると、すでに光惺と星野《ほしの》がいて、二人でなにかを話していた。

「おはよう、光惺、星野さん」

「おはよう真嶋《まじま》くん」

「うす」

「光惺、昨日もお前の夢を見た……。お前の夢ばっかり見るんだが、これってさ……」

「最近朝からキモターボマックスだよな、お前……」

俺と光惺のやりとりを聞いていた星野は苦笑いだったが、

「あ、そうだ！　真嶋くん！」

と、突然俺を引き留めた。

「結菜《ゆいな》なんだけど、今日は休みだって」

「え？　どうしたの？」

「風邪だって。熱があるみたいで……」

「そっか、それは心配だな……」

ふと、窓際《まどぎわ》に目をやった。

いつも涼しげな顔でそこに座っている彼女がいない。

このあいだの三連休明け、月森《つきもり》が無理をしているのではないかと心配だった。

一昨日《おととい》会ったときは元気そうに見えたが、どこかで無理が祟《たた》っていよいよ体調を崩してしまったのかもしれない。

「あのさ、真嶋くん。今日の昼休み、ちょっと話せる？」

「ああ、いいけど――」

――光惺のことかな？

光惺は興味なさそうにスマホをいじり始めたが、俺のほうをチラッと向いて、なぜか大きくため息をついた。

＊＊＊

昼休みになり、俺は食事を済ませたあとに星野と渡り廊下に向かった。

「それで、なんの話？」

俺から切り出すと、星野は少し複雑そうな表情を浮かべた。

「結菜の件なんだけど……」

──光惺のことじゃない？

俺は少しだけ面食らった。

「月森さんのことを、なんで俺に？」

「真嶋くん、最近結菜と仲良いじゃん？」

──そんなに仲が良いと言えるほどの自信はないが……。

「こないだも結菜の心配をしてくれてたみたいだし」

「まあね。──それで、月森さんの件って？」

星野は、相談というよりも、月森のことを俺に知っておいてほしいと言った。

「結菜、今やってるバイトも最近忙しそうだし、家だと下の子の面倒を見てるみたいだしさ、前からちょっと心配だったんだよね」

「えっと、月森さんのバイトって、具体的には……」

「短期バイトみたいなのって言ってたけど、無理しちゃったのかな？」

「そっか……じゃあ日曜日に無理してるんじゃないかって思ったときに声かけてたんだけど、いつも大丈夫って言って……」

星野はいっそう暗い顔をした。

やはり友達の星野から見ても無理をしているように見えていたのか。

──やっぱり心配だ……。

「今度俺から少し話してみるよ。月森さんの下の子たちとも面識があるし」

「ありがとう、真嶋くん。私からも声かけてみるね」

星野の表情が少し和らいだが、今度は頭を抱え始めた。

「それにしても結菜、変わろうと頑張ってたのに、私は自分のことばかりでなにもしてあげられてないな～……」

星野は唐突にポツリとそんなことを言った。

「変わろうと頑張ってる？　なにを？」

星野は「性格」と言った。

「結菜、一年のときからいつもムスーッとしてて、周りに壁をつくる感じで。でも、最近はなんか丸くなったっていうか、可愛《かわい》らしくなったっていうか、頑張って自分を変えようとしてたんだ」

性格を変えようとしたのかどうかはわからないが、なんとなく言いたいことはわかる。

一学期、まだ会ったばかりのころはどことなく近寄りにくい雰囲気だった。

この人はいったいなにを考えているんだろう？　そう思ったこともある。

でも、勉強会を通じて少し打ち解けたこともあり、今は——やはりなにを考えているかわからないこともあるけれど、前に比べたらだいぶ表情が和らいだ気もしていた。

特に、クリスマス・イブの日に見せてくれた、あの笑顔は——

「月森さんが変わろうとしたきっかけってなんだったのかな？」

「それは……たぶん……」

「……たぶん、なに？」

「ううん、なんでもない——」

ちょうどそのとき予鈴が鳴り、俺と星野はそそくさと教室に戻った。

授業が始まる前に、もう一度窓際の空いている席に目を向けた。

誰もいない席の向こう、窓の外には寒空が広がっている。

なぜかこの日一日、俺は月森のことが心配で仕方がなかった。

＊＊＊

その日の帰りは、晶《あきら》、ひなた、西山《にしやま》、伊藤《いとう》の四人で寄り道をするらしく、俺は一人で帰っていた。のんびりと結城学園前駅までやってきて、電車に乗った。

月森のことを考えながら電車に揺られていると、次の駅で同じ車両に見覚えのある二人が乗ってきた。こちらから声をかけようと思ったら、

「あれ、真嶋さんじゃん？」

と、先に声をかけてきたのは月森の妹の若葉《わかば》だった。

今日は赤いランドセルを背負って黄色い通学帽を被《かぶ》っている。

そしてもう一人、俺の顔を見て驚いているのは私服姿の夏樹《なつき》だった。

「やあ。この時間ってことは、若葉は学童か？」

「うん。なっちゃんが迎えに来てくれたんだ」

夏樹は若葉から「なっちゃん」と呼ばれているらしい。

「いえ、午前授業で先に帰ってたんです。それで若葉を迎えに――」

「いつもはゆいねえが迎えに来るんだけど、風邪引いちゃったから、なっちゃんが来てくれたんだ～」

若葉の学童の迎えは普段月森が行っているらしい。

――やっぱりいつも下の子の面倒を見なければいけないみたいだな……。

「じつはお姉さんが学校休んで心配してたんだ。夏樹、お姉さんは大丈夫そうかな？」

「はい。夕方くらいに測ったら熱は下がってました。もう心配ないかと……」

「そっか……」

熱が下がったからといって無理をしていなければいいが。

「なっちゃん、今日の晩ご飯は？」

「今日はスーパーでなにか買って帰ろっか？」

「やったぁ！　肉！　肉系がいい！」

二人が話しているのを聞きながら、夕飯は普段どうしているのか訊《き》いてみた。

「夕飯はいつもゆいねえが作ってくれてるよ？」

「お父さんとお母さんは？」

「夏樹は今日休み？」

「うちの両親、平日は仕事で帰りが遅くて……。家事は姉さんがいつもしてくれてるんです。本当はボクも手伝いたいんですが、受験勉強があるでしょって言われて……」

「そっか……」

家事に加えて、学校とバイト……だんだんと月森家の事情が見えてきた。

「そうだ！　真嶋さん、ゆいねえのこと心配ならうちに寄っていかない？　真嶋さんがお見舞い来たら、ゆいねえ絶対喜ぶと思うし！」

「そんな、ダメだよ！」

と、夏樹が口を挟んだ。

「え〜、いいじゃんべつに〜……」

「お姉ちゃんの風邪が真嶋さんに感染《うつ》ったらいけないから、ね？」

口を尖《とが》らせる若葉に、夏樹は優しく諭すように言った。

「ボクから真嶋さんが心配していたと伝えますので……」

本当に礼儀正しくて、思慮深くて、とても優しい子だ。

「そうだ。じゃあ二人にお願いしたいことが――」

俺は鞄《かばん》を開けてノートを取り出す。

「――これ、今日の授業のノート。字は汚いけど読めると思うから。お姉さんに渡してもらえるかな？」

「りょーかい！」

若葉が笑顔で受け取るとそのまま夏樹に手渡し、夏樹は若葉の背負っているランドセルの中にそっとしまった——と、そこでちょうど次の駅に着いた。

「じゃあ真嶋さん、また会おうね？」

「あの……姉の心配をしてくれてありがとうございます」

「うん。じゃあ二人とも、またな」


二人は電車を降りたあと、ホームから手を振ってくれた。俺も小さく振り返す。

しばらく見ていると、夏樹と若葉が手を握り、仲良さそうに帰っていくのが見えた。

——きょうだい、か……。

有栖南《ありすみなみ》駅に着くまでのあいだ、俺は「きょうだい」について考えた。

上田《うえだ》兄妹《きょうだい》と比較しても、月森姉妹と比較しても、俺と晶の関係とはやはり違う。

俺と晶は義理の兄妹ではあるが仲が良い。良すぎる感もある。

普通の兄妹とは一線を画すような、男女の仲ともとれるような関係になりつつある。

昨日のプールも、その前日のプリクラも——そんな、普通の「きょうだい」ではありえないような状況がずっと続いている。

――メンデルの法則は血が通っていない。

血の繋《つな》がりよりも、心の繋がり。

この意味をそろそろ更新する必要があるのかもしれない。

――晶は兄妹の関係のままではいたくないだろうから……。

やれやれと苦笑いを浮かべて、俺は電車を降りた。

……で、家に帰ると――

俺が帰ってきただいぶあとに、晶がテンション高めに帰ってきた。

「兄貴、見て見て～！　今日の帰り、キスプリ撮ったよ～！」

「なにっ⁉　いつっ⁉　誰とっ⁉　どのようにっ⁉」

じゃーんと俺にスマホのディスプレイを見せつけてきた。

相手は西山でほっとしたが、けっこうな距離まで顔を近づけ合っている。二人が重ね合っている唇を「♡」のスタンプが隠すような感じだ。

「どうこれ！　ギリギリ唇は触れてないんだ～！」

「なんだ、フリか……」

「なんでほっとしてるの？」

「いや、なんとなく……」

「あと、こっちはひなたちゃんとで、こっちは天音《あまね》ちゃんと♪　あとね――」

「う〜〜ん……」

……まあ、なんだ？

女子同士のキスプリを見せられていたら、なんだかモヤッとした。

＊　＊　＊

翌朝、教室に入ってすぐ、窓のほうを見ると月森がスマホをいじりながら座っていた。

光惺と星野に軽く挨拶を済ませたあと、俺は月森のところに向かった。

「おはよう月森さん。体調は大丈夫？」

「っ……!?　おはよう真嶋くん……」

俺が近づいたことに気づいていなかったのか、月森は慌ててスマホを裏返した。

そのときスマホの裏面がしっかり見えた。ポップグリップがついていないのが少しばかり寂しかったが、それよりも──

「体調はどう？」

「平気。ちょっと一昨日《おととい》のバイトで身体《からだ》を冷やしちゃったみたいで……」

「そっか。でも体調が戻ったのなら良かった」

「あの、昨日若葉たちから真嶋くんが心配していたって聞いて……ありがとう」

なんだか面映《おもはゆ》い。

鼻の頭を掻《か》いていると、月森は鞄からノートを取り出した。

「このノートもありがとう」

「字が汚すぎて解読に時間かからなかった？」

月森はくすりと笑って「大丈夫」と言った。彼女の笑った顔を見て安心し、

「月森さん、本当に、なにか困ってない？」

俺は昨日から言うべきかどうか悩んでいた言葉を口に出した。

「え……？」

「冬休み終わってから、なんかずっと疲れてるっぽかったから。夏樹たちから聞いたけど、家のこととか大変なんだろ？」

「家のこと……?」

「うん。余計な干渉だってわかってるし、力になれるかどうかわからないけど、悩みがあるなら聞くぐらいはできるかなって……」

月森は目を丸く見開いた。

安い同情だと思われただろうか。

家庭の事情は他人のお前には関係ないと思われただろうか。

少なくとも、心配しているという気持ちが伝わってくれたら嬉《うれ》しいが——

「あ……」

月森がなにかを言おうと口を開いた瞬間、彼女の目から涙が零《こぼ》れ落ちた。

月森は泣きながら戸惑っていた。

どうして自分が泣いているのか、自分自身に驚いている——そういうふうに俺の目には見えた。

「あの、どうしたの⁉」

「ごめ……これ……なんでも、ないの……」

と、慌てて目元を拭く。

俺が驚いて固まっていたら、そこで始業のチャイムが鳴った。

戸惑う。躊躇《ためら》う。狼狽《うろた》える——この状況でどうしたらいいのか、俺はすっかり頭の中が真っ白になって、

「あ、えっと……俺、なんか余計なことを言ったみたいで——」

謝ろうとすると、制服の袖の肘の辺りを軽く引っ張られた。

「真嶋くん……——」

クラスメイトたちがガヤガヤと自分たちの席に着く中、微《かす》かに、でもはっきりと、月森の綺麗《きれい》でか細い声が俺の耳に届いた。

「私……今、困ってる……」

＊　＊　＊

昼休みになり、俺は月森と一緒に学食に向かった。

この時期、基本的に学食は空《す》いている。というのも、学食は校舎と少し離れた場所に併設されていて、わざわざこの寒い中、靴を履き替えてまで行くのも億劫《おっくう》だからだろう。

そういう理由もあって大半の生徒は教室からなるべく出ないようにしようと、通学の途

中でパンやおにぎりを買うか、弁当か、あるいは校舎内の購買で済ませることが多い。

実際こうして来てみると、広い学食の三分の一くらいしか席は埋まっていない。

人目を気にせず話したい俺たちにとっては好都合だったが、淡々と作業しているおばちゃんたちを見ていると、楽そうというよりもどこか寂しそうに見えた。

「じゃあここにしよっか？」

「うん……」

俺は申し訳程度に単品の唐揚げ五個入りを買って席に着いた。

一つ月森に勧めてみたが、丁重にお断りされた。もともと小食らしい。

月森は左手に箸を持って、小さな弁当箱に詰められたおかずをつついていたが、あまり箸が進んでいない。――気分転換になにか話してみるか。

「そのお弁当、月森さんの手作り？」

「うん」

「すごいな。どれも美味《おい》しそうだ」

「……食べる？　はい――」

月森はすっと卵焼きを差し出してきたが、そこで俺と月森は急にはっとなった。

「あ、いや、大丈夫……！」

危なく「あ～ん」するところだった。

——若葉とかにやってる感覚かな……？

月森もなにも考えずにやったらしく、恥ずかしそうに差し出してきた卵焼きを自分の口に含んだ。俺も恥ずかしくなって自分の弁当に目を落とす。

「りょ、料理が得意って良いな～！」

「そ、そう？」

「俺は料理がいまいちだからさ……！」

と、言い訳しながら今度は申し訳ない気分になった。自分で弁当を用意している月森に対しても、俺と晶の弁当を詰めてくれている美由貴《みゆき》さんに対しても。

美由貴さんはどれだけ朝早く家を出ようと、夜遅く帰ってこようと、俺と晶が家を出る時間には必ずテーブルの上に弁当を用意してくれている。

俺と晶はそれを当たり前のように受け取っているが、こうして改めて思い返してみると、美由貴さんは家事と仕事をストイックにこなして、本当にすごい人だと思う。

そして月森も。

学校に行って、家事をこなし、下の子の面倒を見て、バイトもして……。

当たり前を享受している自分と比べ、本当にすごい人だと思った。

ややあって——俺たちは弁当を食べ終わり、本題に入ることにした。

「それで、困っていることって？」

「家のこと。夏樹が反抗期で……」

「反抗期？　夏樹が？」

俺は少し驚いた。

昨日夏樹と会ったが全然そんなふうには見えなかった。それに、てっきり学業や家事、バイトが大変で悩んでいると思ったが、夏樹のことで悩んでいたらしい。

「もうすぐ私立校願書の提出なのに、まだ両親と揉《も》めてて……」

「ああ、中三だったよね？　揉めてるって、なんで？」


月森から聞くところによると、こうだ——

夏樹は有栖《ありす》東山《ひがしやま》学園、通称「有東《ありひが》」から全免《学費全額免除》の推薦をもらっている。

そこはスポーツが有名な高校で、偏差値はそれなり。

ところが夏樹は、ここ結城学園を一般受験した上で、学力特待生枠としての全免を狙っているらしい。

月森の話だと、夏樹は勉強ができるほうなので、たとえ学力特待生は難しくても合格、半免《学費半額免除》はできそうとのこと。

しかし両親はこれに猛反対。

せっかく推薦をもらっているのにそちらを蹴るとは何事か、有栖東山学園にしろ、推薦で全免だ、考え直せ、となったらしい。

これに対し、夏樹は頑《かたく》なに結城学園に行きたいと親に反抗。

そんなこんなで年末に月森家でドンパチがあったらしい――


「しかし意外だな。あの夏樹がご両親に反抗したんだ？」

「ああ見えてけっこう頑固なの」

「うーん……俺には素直で純粋で真面目な子にしか見えないけどな～……」

「内弁慶。だから、家だとちょっと生意気」

「でも、どうして夏樹は結城学園《うち》にこだわるんだ？　有東でも推薦で全免だろ？」

「というより、有東に行きたくないんだと思う」

「どうして？」

「野球を続ける気がないから……」

なるほど、野球を……——

「って、え⁉ 夏樹、野球やってたのっ⁉」

「うん。……そんなに驚くこと？」

「いや、てっきり吹奏楽部とか文化部系だと思ってたから……」

まあ、俺の勝手なイメージだが。

「ピッチャーでエースだったの」

「エースっ⁉」

「有東もスポーツ推薦で……」

「スポーツ推薦っ⁉」

「……真嶋くん、さっきからどうしたの？」

月森が不思議そうな目で見つめてくる。

「いや、ほんと意外だなって思って……。それに有東のスポーツ推薦ってすごい選手ばっか引き抜くって聞くから、夏樹は女子野球で相当活躍したんだなって思ってさ……」

「女子野球？　なんで？」

「いや、なんでって、だから……」

いや、そんな不思議そうな目で見つめられても。

そう思っていたら、月森はなにかを察したようにくすりと笑った。

「真嶋くん、夏樹は男の子だよ？」

……はい？

「あ、えっと……じゃあ、夏樹は妹じゃなくて……」

「弟」

「あ……──」

──……っぶねぇえええ────っ！　またやらかすところだった────っ！

俺はなんとかギリギリのところで『弟妹勘違い《ていまいかんちが》い』をせずに踏み止《とど》まったようだ。

いや、正確には今の今まで月森の妹だと思い込んでいたが、本人を女の子扱いしたまま傷つけるのを未然に防ぐことができた。ほんと良かった……。

──いやいや、それでも夏樹、可愛《かわい》すぎるだろ……。

清楚《せいそ》で可憐《かれん》でどちらかというとバットよりフルートのほうが似合ってる気もするし──

『真嶋さん、大人っぽくてかっこいいなぁって思いまして……顔とか、声とか……』

――いやいやいやいやいやいや！

なにを期待したっ⁉　夏樹が女の子じゃなくてなにを落ち込んでいるんだ俺はっ⁉

月森は慌てふためく俺を見てクスクスと笑う。

「がっかりした？」

「ああ、うん、まあ……じゃなくて！　じゃあ若葉も弟⁉」

「ううん、若葉は妹」

なんだ、と今度はいたくほっとした。

しかし、なんというか、なんというかである。

夏樹が男の娘《こ》……じゃなくて、男の子だったとは……。

「じゃあ前に弟が二人いるって言ってたのは？」

「もう一人弟がいるの。若葉と双子で、このあいだは連れていなかったから。――このあいだ私が真嶋くんに間違って渡したクリスマスプレゼントの――」

「ああ！　あのグローブの！」

月森が俺に間違って渡したクリスマスプレゼントのグローブ――あれは本来若葉の双子の弟に渡すものだったらしい。

ちなみにあのグローブは三学期の始業式の日に返してある。

「な、なるほど、妹がいるって聞いてなかったけど……」

「訊《き》かれなかったから」

「あ、う……」

思わず言葉に詰まった。

たしかに弟がいると聞いてそこにだけ食いついたのは俺の悪いところだが……。

「じゃあ月森さんは四人きょうだい？」

月森は「うん」と頷《うなず》いたあと、また少し暗い表情をした。

「それで、夏樹の進路、どう説得したらいいかな？」

「野球をやりたくないからスポーツ推薦を断りたい、ここの学力特待生枠を狙いたい、でもご両親は猛反対か……」

おそらく夏樹のご両親は野球をやらせたいのだろう。

同じ全免でもうちの学力特待生枠はそれほど広くないとなればリスクがあるな――と思いながら、一つ疑問が残った。

「夏樹はどうして野球をやりたくないの？」

「それがわからなくて……」

「なるほど。月森さん自身は？　夏樹に野球続けてもらいたいの？」

「うん。あの子、たぶん、まだ野球が好きだから」

……ふむ。

混乱してきたぞ。

野球をやりたくないけれど、まだ野球が好き？　どういうことだ？

「とりあえず、そこをはっきりさせるためにも夏樹と話す必要があると思うな」

「それが、家族の中では誰にも言ってくれなくて……」

「じゃあ俺からそれとなく訊いてみようか？」

「え？　真嶋くんが？」

「まあ、話してくれるかわからないけど協力するよ」

月森は遠慮がちな顔で、どうしようか悩んでいる素振りだったので、

「ここまできたら遠慮しない。困ったときはお互い様だからさ」

と言って、なんとか月森に「うん」と言ってもらえた。

「それにしても、てっきり月森さんはバイトとか自分のことで悩んでると思ってた。そっ

か、夏樹のことか……」

「自分のことだよ？　夏樹のこと、家族の問題だから」

「そっか、そうだよな……」

俺は一人納得して、不思議そうな顔で俺を見つめる月森に笑いかけた。

＊　＊　＊

「──で、月森先輩に協力することになったの？」

その日の夜、夕飯後に月森と夏樹の件を晶に話した。

ちなみに、夏樹が女の子ではなく男の子だと話したら、晶も目をまん丸にして驚いていた。俺と同じで女の子だと勘違いしていたらしい。

「まあな。月森というか、夏樹のほうがなんとなく気になって……」

「はぁ～……兄貴はそうだよね～……。それが良いところでもあり……はぁ～……」

「良いところでもあり……なんだよ？」

すると晶は「ううん」と大きく首を振った。

「じゃあ僕も協力する！」

「え？」

「いつも兄貴に頼ってばかりだから、今回は僕も兄貴に協力したいんだ」

「いや、しかし……」

「兄貴が夏樹くんと話をしているあいだ、僕が若葉の面倒を見るよ。それでどう？　僕も若葉に会いたいし」

まあたしかに。

このあいだのプールでも、晶は迷子のすずかちゃんを自然に受け入れていた。

若葉も「晶にぃ」と言って慕っていたし、任せてもいいのかもしれない。

「じゃあ協力してくれるか、晶？」

「うん！　任せてよ！　とことん付き合うぜ、兄貴！」

晶はそう言って力強く笑ったが、

「あの件は、兄貴はまだ……よし……」

「なにがよしなんだ？」

「な、なんでもないよ～！　兄貴は今日もかっこいいって思っただけ～！」

……ふむ。

やはりなにか隠してるな……。

1 JANUARY

1月18日（火）

今日はいろいろ失敗……。

おとといのプールの疲れはもうないんだけど、最近一日中兄貴のことを考えてる。

今日は授業中ボーッとしてたら急に当てられて変な声出しちゃった。ハズかしー……。

たぶん、土日のよいんがまだ残ってるのかな？

特に兄貴とお風呂に入ったときのことを思い出すとヤバい……。

昨日の夜もあのときのことを思い出してなかなか寝れなくて、今朝は起きるのも大変だった。

授業中もニヤニヤが止まらなくなるし、ご飯食べてるときも思い出してニヤニヤしちゃうしで、兄貴のことが頭から離れない〜……。

切り替えなきゃだけど、なにもしてなくても兄貴の顔が浮かんじゃうよ〜……。

そうそう、兄貴のことだけど月森先輩のことで進展が！

昨日月森先輩はカゼで学校を休んだ。それで今日兄貴に「困ってる」って言って、いろいろ相談したみたい。

でも、月森先輩が相談したかったのは夏樹くんの件。

進路で親ともめてるみたいで、月森先輩はそのことで頭を抱えてるみたい。

兄貴が今度夏樹くんとそのことを話すみたいだけど……。

夏樹くんがよその推薦をけってうちにしたいのって、本当の理由はなんなのかな？

兄貴がうまく聞き出してくれたらいいけど……。

てことで、今回は私もしっかりと関わろうと思った！

べつに、月森先輩と兄貴のことを心配してるわけじゃないけど……。

若葉と会いたいし、やっぱり夏樹くんのことが気になる！

今回は兄貴に協力して、私が兄貴の頼れる大事な妹だって知ってもらいたい！

てことで、べつに月森先輩のことを気にしてるわけじゃないのです！

……本当です。

第7話「じつは義妹とクラスメイトの弟妹の面倒をみることになりまして……」

週末の一月二十二日土曜日。

この日、俺は晶《あきら》と一緒に月森《つきもり》の家に向かっていた。というのも、俺たち真嶋兄妹《まじまきょうだい》で月森の弟妹の面倒を見るためである。

「今日はありがとな、晶」

「うん。僕も若葉《わかば》に会いたかったし任せてよ」

「頼りになるなぁ、晶にぃ」

「兄貴、怒るよ……？」

「ごめんなさい」

——さて。

今日月森はバイトで家にいないため、下の子たちの面倒が見られない。

とはいえ、二人ともあまり手がかからないとのことで、俺が夏樹《なつき》の勉強をみつつ、折りを見て夏樹と進路の話をするつもりでいた。

そこで晶にお願いしたのは若葉の相手だった。

最近若葉は、野球の練習のない日に家でゲームをしているらしい。

それなら気が合うだろうと晶にお願いしてみたら「ゲームなら任せて」といつも以上にやる気を出していた。

「ちなみに双子の弟くんは今海外に行ってていないんだってさ」

「え？　なんで？」

「少年野球の国際試合があるんだって。ご両親は弟くんについてったみたいだ」

「へ～、すごいね～……」

月森家の内情は少し変わっていた。

ご両親はプロ野球チーム『ＫＡＮＯＮエンジェルス』の応援スタンドで知り合ったらしい。ファン同士で意気投合し、そのまま交際して結婚まで発展した。

月森曰《いわ》く、こういうスポーツファン同士の交際や結婚は珍しいことではないそうだ。

だからというか、ご両親は野球熱がかなり高い。月森たち四きょうだいも小学生のときからずっと野球をやっていて、いわゆる野球一家というやつらしい。

ちなみに月森は中学時代ソフト部、若葉は現在地元の少年野球チームに入っていて男子たちと一緒に楽しく白球を追いかけているそうだ。

そして小五の弟くんはすごい才能を持っているのだとか。夏樹もすごいピッチャーだぞうだが、弟くんは将来的に夏樹を上回ると言われているらしい。

だからというか、今、ご両親の期待は弟くんに集まっている。

本気で、野球でプロを目指してほしい――そんな感じで。

そんな月森家の内情をそれとなく晶に教えると、複雑そうな顔をした。

「兄貴、でもそれってさ……」

「なんだ？」

「弟くんのために他の三人のきょうだいが放っておかれてるってことじゃない？」

俺は「外から見たらな」と言った。

「月森自身はそう思ってないみたいだぞ？」

「そっか。でも、どうして月森先輩はそこまでできるんだろ？」

「それくらい家族が大事だってことだろうな」

自分を犠牲にして――と言ったり思ったりすることは、たぶん月森に対して失礼だ。

月森が選んだ道。

そこに後悔がないのなら、ちょっとだけ、俺はお節介を焼いてみたいと思う。

＊　＊　＊

予定の時間ちょうど、月森家のインターホンを鳴らすと「はーい」と出てきたのは夏樹だった。真っ赤な顔をひょっこりと扉から出し、俺だとわかると駆け寄ってきた。

「真嶋さん、こんにちは」

「こんにちは、夏樹。今日のことなんだけど――」

「あ、はい！　姉から聞いてます。今日は来てくれてありがとうございます！」

夏樹はペコリと頭を下げたが――やけに距離が近いな……。

だぼっとしたパーカーの袖から白い指先が出ていて、不安そうに胸の前で手と手を握ったり離したりしている。それに、少し濡《ぬ》れた髪から甘い香りがする。

俺が来ると知って、わざわざシャワーを浴びたのだろうか？

かわい……いやいや違う違う、夏樹は男だ。

夏樹は男の娘、夏樹は男の娘、夏樹は男の子……よし！

「夏樹、今日はよろしくな？」

「はい！　それで、ボクに勉強を教えてくれるって本当ですか？」

――いや、そんな綺麗《きれい》な目で見つめられても……。

照れ臭くなって思わず俺から目を逸《そ》らしてしまった。

「あ、ああ……。理数系は微妙だけど、いちおう文系のほうは得意で……」

「ボク、文系が苦手なんです。だからすごく助かります！」

――いや、そんな憧れの人を見るような目で見つめられても……。

「そ、そっか……それは役に立てそうで良かった」

「はい！……あ、でも、真嶋さんのご迷惑じゃなかったらですけど……」

「いや、迷惑なんかじゃない……！」

不安そうな夏樹を見て俺は慌てた。

「夏樹に勉強が教えられて嬉《うれ》しいというか、その……」

「嬉しい？　どうしてですか……？」

「あ、いや、それはだから、つまり……お前のことが気になって――」

「ボクのことが気になるって、どうしてですか……？」

「だから、それは――」

「――ゴホン！」

晶が一つ咳払《せきばら》いをした。

「兄貴、集合して」

「はい……」

俺と晶は夏樹から少し離れた。

もうすでに不機嫌そうだが、俺と二人きりになって余計に不機嫌そうにする。

「夏樹くんって月森先輩の『弟』で間違いないよね⁉」

「ああ、うん、まあ……」

──聞いた話だが。

「じゃあじゃあどうして兄貴はドキドキしちゃってるの⁉　なにその緩みきった顔⁉」

「いや、してないって、ほんと、これはだな……」

俺がなにも言えず口ごもっていると、

「あの……お二人とも、どうしました？」

と、離れたところから夏樹に声をかけられた。

晶は一瞬俺をギロッと睨《にら》んだあと、ぱっと笑顔をつくって夏樹のほうを向いた。

「ごめん夏樹くん、お待たせしちゃって──」

と、今度は俺の腕に絡《から》み出した。

俺は恐る恐る口を開く。

「えっと、なにしてるのかな、晶さん……？」

「愛情アピール」

――おおっと⁉

「晶、離せ！」

「照れんなって～」

「照れてねぇからっ！」

慌てて振り払おうとしたが、ガッチリと固定されて動かない。

「お、お二人、本当に仲が良いんですね……？　兄妹というよりカップルみたいな……」

「それな！　じつは僕と兄貴は――」

「オイ！　余計なことを言うな！　夏樹、違うんだ！　これは、だから……――」

なんだこの状況は？

俺はそのあと必死に言い訳したようだが、正直頭の中がパニクっていてあまりよく覚えていない。

＊　＊　＊

俺と晶は夏樹の後に続いて家の中に入ったが、玄関だけで野球一家だと見て取れた。

傘立てには使い古しのバットが三本、棚にグローブ用のスプレー、サインボール、プロ野球の選手と撮った写真など、野球グッズが整頓されて並んでいる。

物珍しいからといってあまりジロジロ見るのも失礼だが、やはりうちとは違う感じだ。

廊下を進んですぐ左手にリビングがある。

中からゲームの音がしてきたので、若葉が遊んでいるとすぐにわかった。

「若葉、真嶋さんたちが来たよ」

夏樹がそう言うと、若葉はポーズ画面にしてこちらを向いた。

「あ、真嶋さん！　晶にぃ！　こんにちは！」

「こんにちは、若葉」

「うぐっ……僕は女の子……」

「じゃあ晶にぃ、オレとゲームしようぜ！」

「いいけど、なにがあるの？」

若葉は百均で売ってそうなカゴをテレビ台から引っ張り出し、晶に差し出した。

すると、とあるゲームソフトを見つけ、晶の目がキランと光った。

「じゃあこれにしよっか？」

「晶、それは――」

「エンサム2？　オレ強いし、いいよ～やろやろ♪」

――あ～あ……。

「晶、あとは任せた……」

……くれぐれも泣かすなよ？

晶はニヤリと笑ってグッと親指を立ててみせたが、不安だ……若葉が。

「じゃあ真嶋さん、ボクらは二階に行きましょうか？」

夏樹ににこっと笑顔を向けられ、俺は心臓が高鳴るのを抑えつつ、夏樹のあとに続いて二階に上がった。

……というか、高鳴るな、俺の心臓。

＊＊＊

「そっか！　さすが真嶋さんです！」

「いや、これくらい……あははは……」

――どうしよう、困ったぞ……。

夏樹と勉強を始めて一時間が経過していたが、俺は困り果てていた。

なぜなら――

「真嶋さんってほんと教えるの上手ですね？　頭も良くてかっこいいなぁ～」

「いや、お姉さんほどじゃないよ、ほんと……あははは……」

「やっぱり彼女さんいるんですか？」

「いや、いないよ。モテないし……」

「それ、嘘《うそ》ですよね？　勉強できてかっこよくて、モテないはずないですよ！　隠さないで教えてくださいよ～」

「いや、本当だって、あははは……あは……はは……」

――褒め上手か、この子⁉

さっきから夏樹は俺を褒めまくってくる。すごく良い気分だ。

謙虚に振る舞おうとすればするほど俺の自尊感情を高める言葉を並べてくる。

その度に俺の心臓が跳ね上がり、ドキドキを抑えるのに必死になる。

正直勉強をみるどころではない。

「と、ところで、話は変わるんだけど、夏樹はどうして結城学園《うち》を受けるんだ？」

「えっと、学力特待生枠を狙おうと思いまして」

「それはお姉さんから聞いた。全免を狙ってるんだろ？」

「はい、そうです」

――問題はこの先か……。

「だったら他の私立でも良くないか？　うちの全免はちょっと厳しいぞ？」

「やっぱりそう思いますか？」

「上位に入らないとな。この一時間でだいぶ勉強ができるってわかったけど、それでも当日に実力が発揮できるとは限らないからさ？」

「ですよね～……」

夏樹は悩むような顔を見せた。もう少し踏み込んで訊《き》いてみるか――

「全免の学力特待生枠以外に、うちを志望する理由はあるのか？」

「はい。一番は家から近いということですが、そのあとの進路も良いって調べました。ボクは国公立の大学に進みたいので……」

「真面目だな……。中三の今の段階で大学のことまで考えてたのか？」

「はい。大学までは出ようと思ってます。――ですが、ちょっと……」

夏樹は急に表情を暗くした。

「どうした？」

「うち、そんなにお金がないんです。両親は共働きだし、姉さんがバイトしていますが、このままだと若葉たちが大変かなって思って……」

「そっか……。野球を続けないって話も聞いたけど、理由はやっぱ一緒か？」

「はい、じつは……弟が今海外遠征してる話は聞いてますよね？」

「ああ、野球がすごいって……」

夏樹は持っていたシャーペンをそっと机の上に置いた。

「ボクとは違って弟は本当にすごいんです。両親はプロを目指してほしいと頑張らせてますが、道具代やバッティングセンターの利用費、遠征代とか……とにかくお金がかかるので。それに、弟が中学に上がったらもっとお金がかかると思うので……」

「野球、続けたくないのか？　プロ野球選手を目指すとか……」

「甲子園を目指したいなとは思ってました。でも、やっぱり家族が大切ですから、ボク自身は家族の負担になりたくないんです」

「そうか……」

今の話でおおよそ理解した。

月森家は家計が大変で、そんな中で選べる進路は決まってくる。

この辺りの公立高校の進学実績はそれほど良くない。「国公立大合格」と大きな看板を掲げているところでも、事実は、その合格者が進学塾に通ったことによるもの。

つまり、けっきょくは塾通いで金がかかる。

一方の私立高校――特にうちの結城学園の特進コースなら、塾に通わなくても難関私立大や国公立大を目指すことができる。

おまけに授業料全免の学力特待生なら、教科書代から制服代、修学旅行費などを差し引いても、同じ国公立大を目指すならトータルで安いというわけだ。

――だとしても……。

甲子園やプロ野球選手を目指している人間が全国にどれだけいるかわからない。

でも、夏樹は才能があるのにもかかわらず目指さないことに決めた。

自分より才能のある弟が優先だから。

そして、家族のために自分の将来をデザインした。

言い換えれば、夏樹は消去法で自分の進路を考えたということになる。

「もう一度訊くけど、高校で野球を続ける気はないのか？」

「……はい。ボクは中学まででで十分です」

夏樹は笑顔を浮かべてみせたが、その言葉がどうしても引っ掛かった。

＊＊＊

夏樹と話したあと、もう一時間ほど一緒に勉強をして一階に下りると、なにやら楽しそうな声がリビングからしてきた。

「ほらほら～」

「晶にぃ、強っ！　えぐいって！」

俺と夏樹がリビングに顔を出すと、二人はまだエンサム2で遊んでいた。

だいぶ夢中になっていて、俺たちが来たことにも気付いていない。

ちょうど第二ラウンドで、琴《こと》キュンが西郷隆盛《さいごうたかもり》をコテンパンにのしているところだった。

ちなみに俺が西郷どんを使わないのは、西郷どんの負けたあとの演出がなんとも切ないから。子犬が心配そうに駆け寄ってきて、もはやピクリとも動かなくなった西郷どんの顔をぺろぺろと舐《な》め、「くぅーん」と悲しそうに鳴くのである。

――この演出、可哀想《かわいそう》すぎるだろ……。

「ふっふっふ〜、甘い甘い！」

「チックショ〜！　またやられた――っ！」

この二人はそんな子犬の気持ちなんてお構いなしだろうが……。

ニヤつく晶の横で若葉は悔しそうに四肢を投げ出す。

そこでようやく俺たちに気付いたらしく、若葉はにっこりと笑いかけてきた。

「あ、なっちゃんと真嶋さん、もう勉強終わり？」

「少し休憩。若葉は姫野《ひめの》さんと仲良くなれたみたいだね？」

「うん！　晶にぃすごくゲームが上手なんだ！　ゲームができてかっこいい！　晶にぃはオレの理想のお兄ちゃんだ〜！」

若葉はそう言いながら晶に抱きついた。子犬のようにすっかり懐《なつ》いている。

晶と目が合うと、俺に向かってグッと親指を立ててみせた。任せて良かったな。

「そうだ！　なっちゃんも晶にぃと対戦してみてよ？」

「え〜……ボクはいいよぉ〜……」

俺は遠慮がちな夏樹の背中をとんと押した。

「ほら、一回でいいから揉《も》まれてこい」

「えぇ⁉　でもボク、受験勉強が……」

「一回だけ」

しぶしぶといった感じで夏樹は若葉と交代する。

——なんだか、初めて晶とゲームした日のことを思い出すな……。

それから少し遊び、また夏樹の勉強をみて、また一段落ついたところで四人で遊んでいたら、あっという間に時間が過ぎた。

時刻は五時を過ぎ、そろそろお暇《いとま》しようかと思っていたところに、

「ただいま」

と、月森が帰ってきた。

その声を聞いて、晶がビクッと反応する。

「晶、なんで緊張してるんだ？」

「べ、べつに……」

廊下の先から月森がリビングに顔を出す。

「ありがとう、真嶋くんと晶ちゃん」

晶は月森の声にまたビクビクッと反応した。

「いや、弟と妹ができたみたいで楽しかったよ。——ほら、晶」

俺に促されて、なんだか微妙な表情を浮かべながらも晶は振り返った。

「僕も、楽しかったです……」

「どうした、晶？」

「あっ、えっと、その……！」

晶は月森の顔を見て顔を赤くしたり青くしたりと忙《せわ》しない。動揺して言葉がうまく出ないようだ。月森のほうはそんな晶を見てきょとんと小首を傾《かし》げている。

「どうしたの？」

「あ、えっと、なんでもないのです！」

なんでもあるのですだな、これは……。

「お前、なんか変だぞ？」

「へ⁉　そんなことないよ⁉」

「あ、そう……？」

とりあえず動揺している晶は置いておいて、俺は月森に目配せした。

「俺たちはもう帰るから、あとでまた電話するよ」

「わかった。ありがとう、真嶋くん、晶ちゃん」

そう言って月森は微笑《ほほえ》んだが、なぜか晶は俯《うつむ》いたまま口を閉ざしていた。

＊＊＊

「それで、さっきはどうしたんだよ？」

帰り道、街灯の灯《あか》りの下を歩きながら晶に訊《たず》ねてみる。晶はずっと複雑そうな面持ちで俺の横を歩いていたが、やはり元気がない。どうしたのだろう？

「若葉の相手をして疲れたのか？」

「ううん……」

するとと晶はため息をついた。

「月森先輩、やっぱり綺麗《きれい》な人だったな～……」

「まあ、そうだな」

「おまけにスタイル抜群だし……」

「コートの上からでよくわかるな、そんなこと……」

「落ち着いてて大人っぽかった……」

「ああ見えてお茶目な部分もあってだな――」

と、言いかけたところで俺の腕が晶に引き寄せられた。

そのまま腕を組まれ、コツンコツンと頭を俺の腕にぶつけてくる。

「兄貴……」

「なんだよ？」

「月森先輩のことどう思ってるの？」

――月森さんのこと……？

「いろいろと問題を抱えてるみたいだし、夏樹の進路の件も……ってどうした？」

晶はまた大きなため息をついた。

「やっぱり兄貴は兄貴だね……」

「どういう意味だ？　え？　なんか俺、今ディスられてる？」

「真面目ですねって褒めてるの」

「その割には呆《あき》れてる顔だな？　なんだよ？　言いたいことがあるなら言えよ？」

「なんでもない……。はぁ～……もう、うにゃ――――っ！」

最後は猫みたいなよくわからない「うにゃー」で誤魔化されたが、けっきょく晶がなにを言いたかったのかはわからずじまいだった。

＊＊＊

家に帰って夕飯や風呂《ふろ》などを済ませたあと、電話で月森に夏樹の件を報告した。

「――って感じだった。まあ、そういうことで、夏樹は自分の進路を結城学園《うち》にしたみたいだな……」

『そう……お金……』

「それで――」

――なんとかならないか、なんて月森に言ったところでどうしようもないか……。

「とりあえずそういうことみたいだから、参考になれば……」

『わかった。今日は本当にありがとう、真嶋くん』

電話が切れたあと、俺はスマホを握ったままベッドに大の字になった。

いちおうは、これで月森との約束は守れたはず。

それなのに、どうしてこんなに釈然としないのか。

晶の様子も変だったし、なんだかスッキリしないまま俺は目を閉じた。

そして夏樹のことを考える。

夏樹は高校でも野球で甲子園を目指したかった……

まだ野球が好き、たぶん続けたいと本心では思ってる……

でも、家の事情がある……

使命感に似たなにかが、きっとあいつを意固地にしている……

辞めたくないけど辞める理由をつくって、自分を納得させているんだ……──


思い出した──

うちのリビング、戸惑う親父《おやじ》の顔。

あれは中学を卒業してすぐのときだった。

「え？　じゃあバスケ、もうやらないのか？」

「ああ。もう中学までで十分かなって……」

「そうか……。せっかく頑張ってたし、父さん的には高校でも続けてほしいんだが……」

「いや、親父が期待してくれるのは嬉《うれ》しいけど、俺はもう十分やったから。親父も仕事が忙しくなるんだし、今度は俺が親父を支えたいんだ」

「そんなこと、子供が考えるな。親子なんだから甘えたっていいんだぞ？　俺は親父として──」

「いいや、これからは俺も家のことをするよ。今までありがとう、親父――」

――そうか。

たぶん、あのときの俺も……

『……はい。ボクは中学までで十分です』

今日の夏樹のように遠慮がちに笑っていたのかもしれない。

『それでも、やっぱり可愛《かわい》い妹なので、若葉のためにボクも、やっぱり……』

やっぱり、家のため、家族のため……野球を辞めると夏樹は決めた。

俺がバスケを辞めた理由と同じだから、俺はあいつを放っておけないのだと思う。

ただ……

俺がバスケを続けなかった理由はもう一つある……――

1 JANUARY

1月22日（土）

今日は月森先輩の家にお邪魔した。

兄貴が夏樹くんの勉強みてるあいだ、私が若葉ちゃんとゲームして遊んだ。

若葉は私のこと「晶にぃ」って男の子扱いするけど、エンサムでコテンパンにしたら、「もっかいやろ！」って兄貴みたいで……まあ、カワイイから晶にぃでも許そう！

そんな妹キャラが若葉で、夏樹くんは……私のライバル？

兄貴がキュンってしてるのはなぜ？　男の子、だよね？

なんか、兄貴と夏樹くんが怪しい……大丈夫だよね？　すごく二階の様子が気になったけど、私は兄貴を信じることにしたからね？

でもでも、月森先輩は……ほんとマズい……！

ただでさえウワサ以上のキレイな人だったのに、兄貴があの秘密を知ったら……！　どうしよう!?

もう明日からも頑張るしかない！

最後にちょっと真面目な話。

兄貴にいつも頼ってる私としては、今日は兄貴のために頑張りたいと思ってた。

正直、ちょっとだけ不安はあったけど、逆に兄貴はいつもこういう気持ちでいるのかなって思って勉強になったかな。

たぶん兄貴はああ見えてすごく周りに気を使っているんだと思う。誰かのためにって世話を焼くけど、焼きすぎないように慎重にやってるんじゃないかな？

特に、私と初めて会ったときはそうだったんだと思う。若葉のゲームの相手をしてたら、妹がいたらって、兄貴と同じような立場でいろいろ考えた。

そんな感じで、今日は兄貴の気持ちをちょっとだけ知ることができたし、これからは頼りっきりじゃなくて、兄貴の支えになりたいと思った。

うーん……マジで書いてて、なんか照れるな～、これ……。

第8話「じつはもやもやとすることが重なりまして……」

月森《つきもり》家の件があった翌週の二十四日の月曜日。

この日も俺は月森と学食で昼食をとる約束をしていた。どうしても夏樹《なつき》のことが気になって、月森と話そうと思っていたのだが、行きがけに、

「お前、最近月森とこそこそなにやってんの？」

と、光惺《こうせい》に勘ぐられてしまった。

「べつにこそこそなんてしてないぞ？　ちょっと気になることがあってさ……」

「ふ～ん」

光惺はジト目で俺を見てくる。

「なんだよ、その目……？」

「べつに」

するとそこに星野《ほしの》がやってきた。

「光惺くん、今日も一緒にご飯食べよ♪」

光惺は星野のにこにこ顔を見て微妙な顔をしたが、俺に「行けよ」と促した。

月森の件は光惺に伝えてなかったが、たぶん光惺にとっては興味のない話題だろう。

俺は先に廊下に出ていた月森と合流して、そのまま学食に向かった。

そして――


「――夏樹の進路は、やっぱり結城《ゆうき》学園で決まったの……」


俺は月森からその話を聞いて呆然《ぼうぜん》とした。

学食で昼食を食べ終わったあと、月森は昨晩の月森家での一件について教えてくれた。

結果は変わっていない。

けれど、俺が呆然としてしまったのは、夏樹が結城学園にしたためではない。


月森の話によると、こうだ――

海外遠征で下の弟くんが大活躍をしてチームを優勝に導き、ご両親は喜色満面、鼻高々で凱旋《がいせん》した。

食卓でしばらく弟くんの大活躍の話をしたのち、いよいよ夏樹の進路の話題になった。

ドンパチになるかと思いきや、父親は上機嫌で「もう夏樹の好きにしたらいい」と言ったらしい。

夏樹がどうして結城学園を選んだのか、その本当の理由も聞かずに——

俺はその話を聞いてどうしても釈然としなかった。

「それは、根本的な解決になってないよな……」

夏樹の本当の志望理由も聞かないままに好きにしろとは、あまりにも……。

しかし、夏樹も自分からは家族に本当の理由を話していない。

これはお互い様と言うべきなのだろうか。

なぜだろう？　なんだかもやもやする。

「真嶋《まじま》くん？」

「……なんでもない。でも、本当にそれでいいのかなって……」

「夏樹とそのあと話したの。本当に良かったのって。夏樹はほっとしてたけど……」

「……けど？」

「喜んでなかった……」

——だよな、やっぱ……。

「あのさ、願書の提出日っていつだっけ？」

「今日……」

「そ……そっか……」

今から、といっても、学校が終わってから夏樹と話しても間に合いそうにない。

本当に釈然としない。

ただ話を聞いて、ただ月森に伝え、ただ終わった――そんな感じで。

「真嶋くん、ありがとう」

「え？　なにが？」

釈然としていない俺の顔を見て、ふと月森は遠慮がちに微笑《ほほえ》んだ。無理に笑顔をつくろうとしていると、いくら鈍感な俺でもわかる。

「真嶋くんがそんな顔をするのは夏樹のためだよね？」

「あ、いや……俺、なにもできなくてごめん……」

「夏樹は真嶋くんに話せてスッキリしたみたい」

「夏樹が……でもな……」

せめてもう少し早く聞いていれば――そう思ったが、後悔してももう遅い。

「夏樹、真嶋くんのことが本当に好きみたい。お兄ちゃんみたいだって。優しくて、頭が良くて、頼りになって……尊敬してるって話してた」

「夏樹は怒ってなかった？　俺が月森さんに勝手に進路の話を伝えて……」

「特には。私には話しづらかったみたいだけど、知ってもらえて良かったって」

「そうか……」

「それでね、夏樹と若葉《わかば》がまた真嶋くんと晶《あきら》ちゃんに会いたいって」

「え……？」

「真嶋くんたちさえよければ、また二人に会ってもらえないかな？」

月森がわざと明るい口調になっているのは、たぶん俺のため。

わかっているのに、俺は落胆を隠せない。

「そうか……」

夏樹の諦めたような笑顔が思い浮かんだ。

「そうか……」

もう一度ため息をつきながら小さな声を吐き出した。

前に座る月森から弱々しい「うん」が聞こえてきた。

＊　＊　＊

その日の放課後、俺は晶と帰りながら、昼に月森と話した内容を伝えていた。

「それで、兄貴はそのあとどうしたの？」

「まあ、なんというか、なにも言えなかったな……」

「そっか……たぶん僕も兄貴と同じ気持ちになると思う。たぶんなにも言えないよ」

晶も落胆したように俯《うつむ》いた。

俺と同じ気持ちになってくれるのはありがたいが、落ち込ませるつもりはなかった。

「すまんな、こんな話をして」

「ううん、僕も気になってたから大丈夫。それより兄貴、僕らになにかできないかな？」

「え？　だって、もう夏樹の進路は……」

「そうじゃなくて、これから」

「これから？」

「進路が決まっちゃったらどうしようもないし、なんとかこれからの夏樹くんの気持ちを盛り上げられないかなって思って」

「気持ちを盛り上げる、か――」

たしかに、今さら進路変更はできないだろうし、だったらせめて夏樹が気持ちよく結城《ゆう》学園《ち》に来られるように応援するのも有りだ。

入試まで時間はあるのだから、また月森家に行って、若葉と遊んでやりながら夏樹の勉強をみるということだってできる。

そして学力特待生枠を目指して……でも――

「――今はそっとしておくのがいいんじゃないかな……」

これ以上下手《へた》に立ち回ると夏樹を傷つけてしまうかもしれない。

受験を目の前にして、そっちのほうが俺としては心配だ。

「でも、兄貴はそれがベストだと思ってないから苦しい顔をしてるんじゃないの？」

「ベストじゃないけどベターだ。――まあ、俺の経験上こういうのは時間が解決すると思うから……」

「兄貴の経験上？」

「いや、なんでもない……。ま、理解者の月森さんがそばにいたら大丈夫だろ？」

「う～ん、そうかな～？」

晶は首を捻《ひね》ってみせたが、俺も経験があるからわかる。

触れないほうがいい時間だってあるのだ。

「まあでも、若葉と夏樹は俺たちにまた会いたいって言ってたみたいだし、そのうちまた遊びに行こう」

「それはもちろん。あ、でも……」

　と、晶はなにかを言いかけて口をすぼめた。

「どうした？」

「あ～！　いや～！　気にしない気にしない！」

　──逆に気になるな……。

「お前、やっぱ俺になにか隠してないか？」

「べ、べつに～……」

　なんだか怪しい。

「そうだ！　今日の晩ご飯なに食べる⁉　母さんは仕事で遅いって言ってたし今日はピザがいいかな⁉」

　あからさまに怪しい。

　そういえば、月森家に行ったあの日──月森が帰ってきて鉢合わせしたときも晶はなぜか慌てふためいていた。

「いちおう言っておくが、月森さんと俺のあいだには本当になにもないぞ？」

「え？　どうして急にそんなこと言うの？」

「だって月森さんの話題を出すとなんか変になるからな、お前……」

「べつに、変になってないもん！」

晶は頬を膨らませた。

「あ、そう？　まあいい。――とりあえず、俺に隠してることを全部話せ」

「え、え～……なんのこと～？」

「お前、たしか役者志望だよな？　嘘《うそ》が下手すぎ、バレバレ……」

「僕だって兄貴の前だと素直でいたいんだって！」

――素直でいたいけど、俺には隠したいことがある？　なんだ？

「じゃあ、俺の前ではもっと素直になれよ？」

「好きです。僕と付き合ってください」

「ド直球⁉　って、そういうことじゃなく！　なんで今それ言った⁉」

「俺の前ではもっと素直になれとか、かっこいいセリフ言ったから！」

「俺はイケメンか⁉　いやイケメンじゃないけどさっ！」

そんなアホなやりとりをしていたらいつの間にか家に着いてしまった。

＊　＊　＊

それから淡々と時間が過ぎていき、今日は二十八日金曜日。

教室で見せる月森の涼しげな表情はいつもと変わらない。

窓の外の冬空に映えて物憂《ものう》げにも見えるが、もしかすると俺の気のせいかもしれない。

それでも昼休みになると、月森は明るい表情を見せる。

最近は光惺と星野も入れて四人で昼食をとるようになり、月森は俺たちに合わせて静かに微笑んでいた。

「結菜《ゆいな》、今度の土日遊びに行かない？」

「ごめん、バイトがある」

「そっかー……光惺くんは──」

「俺もバイト」

「うっ⁉　私は、バイトがあるかって訊《き》こうと思っただけで……」

とまあ、星野の絡《から》みは相変わらずで、光惺の素っ気ない返しも相変わらず。

ただ、少しだけ月森に気を使っているようにも見えるのは、この二人は事情を知らなくても空気が読めるから。

俺も三人に合わせて笑顔をつくる。

でも、正直なところ、夏樹のことが気になって口に出せないでいた。

自分の口数が減っていると、自分でも自覚しながら。

――そんな感じで、このところ教室ではそんなぎこちないやりとりが続いていた。

だからかもしれないが、部活の時間になると少しだけ気持ちが和らぐ。

教室を離れてなにかに没頭しているほうが、余計な気を揉《も》まなくて済むからだろう。

ところが、今日の部活は暇だった。

手が空いていたので、部員たちが熱心に稽古する様子をぼーっと眺めていたら、

「真嶋先輩、すみませんが、こちらを手伝ってもらっていいですか？」

と、伊藤《いとう》に声をかけられた。

俺は伊藤の隣に座る。

「なにしたらいい？」

「私が束を整えますので、ホチキス留めをお願いしてもいいですか？」

「了解」

伊藤の隣で今度使う台本の製本作業を始める。

トントンと伊藤が紙の束を揃《そろ》え、それを受け取った俺がカチャ、カチャと紙の端をホチ

キスで留めていく。そんな単調な作業の合間で、

「それにしても驚きました」

と、伊藤が静かに口を開いた。

「ん？　晶とひなたちゃんがオーディションを受けること？」

「はい。しかもスカウトってすごいです。二人とも同じところを受けるんですよね？」

「ああ。――しかしすまんな、今まで黙ってて。秘密にするつもりはなかったんだけど」

「いえ、昨日きちんと説明してもらえましたし、私は気にしていませんよ？」

「ありがとう。ただな――」

俺は手を止めて西山《にしやま》を見つめた。

昨日、晶とひなたは今度フジプロAのオーディションを受けることを演劇部員たちに伝えた。みんな驚いていたが、一番驚いていたのは西山だった。

「和紗《かずさ》ちゃんは大丈夫ですよ」

「そうだといいんだけどな……」

西山から笑顔が消えた。いつもなにかにつけて俺にウザ絡みしてきたのに、この二日は部長らしく、真剣に、真面目に稽古に励んでいる。

それがかえって寂しそうにも見えた。

「晶ちゃんたちがオーディションに合格したら、真嶋先輩はどうするんですか？」

「俺か──」

──一昨日《おととい》の夜、新田《にった》さんからようやく連絡があった。

俺がサブマネージャーをやる件はなんとか上に通してもらえたらしい。

高校生をサブマネージャーとして、しかもオーディションに合格すらしていない未知の素人《しろうと》の専属として雇う確約をするというのは異例中の異例。社内検討でだいぶ反対もあったそうだが、そこは新田さんがなんとか収めたそうだ。

そこで俺は三月の上旬にある社内研修に、特別に参加することになった。

そのあとの流れとしては、晶とひなたがオーディションを受け、合格発表を受けてからの正式雇用とのこと。

さらに四月には新入社員研修がある。

俺はアルバイトというカタチだがそこにしれっと参加する、という話になった──

その話をすると、伊藤はかなり驚いていた。

「それじゃあ真嶋先輩は無理やり晶ちゃんのサブマネージャーに？」

「ああ。念のため言っておくが、俺はシスコンじゃないぞ？」

「シスコンですよ、それ」

「いいや、兄バカだ」

伊藤はクスッと笑った。

「それにしても、先輩も思い切ったことをしましたね？」

「まあ、敏腕マネージャー相手に大見得《おおみえ》切ったときのことを思い出すと、いまだに手が震えるよ」

「でも、先輩らしいというか。晶ちゃんがそれだけ大事なんですね？」

「まあ、義妹《いもうと》だし……」

それから俺と伊藤はまた台本の製本作業を再開した。

「真嶋先輩、これが最後です」

「ああ、うん……」

「どうしました？」

「いや、なんでもない……」

＊＊＊

部活が終わったあと、俺は晶とひなたを先に帰した。

そして昇降口に向かって歩いてくる、浮かない顔のやつに話しかける。

「西山、ちょっと話があるんだが……」

「告白ですか？　ごめんなさい、私メンクイなんで」

「自分のことをそんなに卑下する必要ないぞ？　メークインだなんて……」

「誰がジャガイモですかっ！」

「お、ナイスツッコミ。よくジャガイモの品種だって知ってたな？」

西山はそこでようやく呆《あき》れたように笑った。

ただ、やはりいつもの元気はない。

「それで、告白じゃないなら晶ちゃんたちのことですか？」

「話が早いな。──晶たちのこと、お前が気にしてるんじゃないかってな？」

「そんなの、気にしてませんなわけないじゃないですか」

「日本語おかしいぞ？　やっぱ気にしてたのか……」

西山は「そりゃそうですよ」と言って大きくため息をついた。

「せっかくここまで八人で頑張ってきたのに……」

「まあ、辞めるわけじゃないけど、部活にあまり参加できなくなるしな……」

「うちの二大看板女優が他人のものに、はぁ～……」

「お前がその看板背負ったらいいじゃないか？」

西山はギロリと俺を睨《にら》んだ。

「先輩、本気でそう思ってます？」

「昨日と今日みたいに真剣な様子を見ていたらそう思うけど……」

「あのですね、私だってビジュアル的にあの二人に負けてるってことはわかってるんです。それに演技力も」

「ん？　今日はやけに自分に自信がないみたいだな？」

「元からそんなにありませんよ。──そんなんじゃ部長としてダメってことはわかってますけど……」

そう言って西山は自信なさげに俯《うつむ》いた。

「先輩はどうするんですか？」

「俺？」

「サブマネのこと、天音《あまね》から聞きました。このシスコンめ！」

「だから俺は兄バカだ！　――ま、俺もちょっと忙しくなる。来年は三年だしな」

「ああもう……せっかくこき使える男子が増えたと思ったのに……」

「オイ！　もっと俺を尊重しろ！」

なんて可愛《かわい》くないやつだ。

でも、なぜか西山と話していたら自然と笑えてくる。

「しかし、ほんとお前と一緒にいると飽きないな……」

「当然ですよ。付き合った男を飽きさせないイイ女ですから、私」

「あそう？　で、誰かと付き合った経験は？」

「うっさいなぁ～……真嶋先輩はいつも一言余計です」

「お前もな」

西山はプリプリと怒り出したと思ったら、今度は寂しげな表情を浮かべた。

「でも、先輩が部活に顔を出さなくなったら寂しいですよ」

「んなこと一ミクロンも思ってないだろ？」

「……………」

「な、なんだよ？」

西山は怒ったような表情で俺を見つめてくる。

すると目が潤み出した。

またいつもの泣いたふりでもするつもりか——

「寂しいに決まってるじゃないですか！　寂しいですよ！　せ……先輩までいなくならないでくださいよぉ……」

「え？　西山——」

「あ～もうヤダヤダ！　真嶋先輩なんてやっぱ大っ嫌い！」

西山は呆気《あっけ》にとられた俺の横をバタバタと通りすぎると、そのまま帰ってしまった。

一人、昇降口に残された俺は、不機嫌そうに歩く西山の背中を見つめた。

よくわからないやつ……。

ただ、西山に大嫌いと言われて、俺は少しだけ寂しい気分になった。

1 JANUARY

1月24日（ 月 ）

今日はちょっとショックな出来事が……！

放課後、兄貴と話しながら帰っていたんだけど、月森先輩の弟、夏樹くん、進路をやっぱり結城学園にしたみたい。

本人の中では、もう野球はやらないってことになってるみたい……。

兄貴はその話を今日聞いたみたいでショックを受けてた。

やることはやったけど、結果は変わらない、みたいな……。

そんな落ち込んだ顔……するよね、やっぱ。

会って話したり、勉強みたり、遊んだり、最近ずっと夏樹くんのことを考えてた兄貴だから、その気持ちはすごくよくわかる。

でも、決まったものは仕方ないのかもって思う。

だから、これからというか、うまく説明できないけど、気持ちを上げるようななにかが私たちにできないかなって思った。

兄貴も落ち込んでるし、月森先輩だって悩んでると思う。

だから、私にもなにかできないかなって考えたい。

うう、でも、月森先輩か……。

月森先輩のこと、兄貴にまだ言えてないし、伝えるかどうか悩む……。

夏樹くんの件とは直接関係ない？

だからそのうち、とは思うけど、言わないほうが月森先輩のため？

ああ、もう悩む！

月森先輩のこと、話すべき？　話さないでおくべき？

兄貴が知ったら、月森先輩に気持ちが傾いちゃうかな……？

第9話「じつは義妹とそこそこ面倒なことに巻き込まれまして……発覚!?」

西山《にしやま》に大嫌いと言われたあとのこと。

俺はいろいろと複雑な気分で『洋風ダイニング・カノン』に向けて歩いていた。

というのも、演劇部でプールに行った晩のこと——


『いいか、晶《あきら》には絶対に言うなよ？　男同士の約束。大事なことだ——』


——と、建《たける》さんから電話があり、どうしても晶抜きで会って話したいと言われたのだ。

なんの話かはわからないが、よほど重要なことなのだろう。

——とりあえず晶が心配しないように連絡だけ入れておくか……。

俺は晶に、建さんとカノンで会って二人で話すという旨《むね》のＬＩＭＥを送っておいた。既読はつかなかったが、そのうち気づくだろう。

果たして、建さんは白いジャケットを着てスマホを片手に店の前で佇《たたず》んでいた。

「建さん」

建さんはこちらに気づいて顔を向けた。

「おう、来た来た！　ナイスタイミングだ真嶋《まじま》！」

「俺に大事な話ってなんですか？」

「まあまあ、その件はこれからこれから～」

――ん？　なんだ、このテンションの高さは……？

俺が怪しんでいると、向こうから建さんと同い年くらいの中年男性二人がやってきた。

「いたいた！　建～！」

「あれあれ？　その学生さんは建ちゃんの知り合いかな～？」

――建ちゃん？　建さんと親しい関係なのか？

「よお、大和《やまと》！　弥政《みこと》！　お疲れさん！　紹介するぜ。こいつは、前に話してた例のフジプロAの――」

「ああ、亜美《あみ》ちゃんに啖呵《たんか》きったっていうあの!?　へ～、この子が～！」

弥政さんが俺を見て驚いた。

「建の娘さんのサブマネやるって大見得切ったんだろ？　いや～、男だね～」

今度は大和さんが感心した様子で頷《うなず》く。

――というか、すでに俺のことがこの二人に伝わっているのか？

「建さん、このお二人は？」

「俺の古いダチでよ、テレビの仕事で世話になってる鈴木《すずき》大和プロデューサーと佐藤《さとう》弥政ディレクターだ」

――ってことは、いわゆる業界人ってやつか⁉　なんで急に……⁉

「ま、お前はこれから芸能界《こっち》で働くんだ。その前にちょっとした社会勉強ってやつだよ。この二人と話せば業界の裏側がわかるからな」

「た、建さん……じゃあ、俺のために……？」

「勘違いすんじゃねぇ。晶のためだ。お前がポンコツで使い物にならなかったら晶が困るからな」

俺は初めて建さんを心の底から尊敬した。

オッサンのツンデレはちょっとキツいと思ったが、それでも俺や晶のために、いろいろと根回ししてくれているのだろう。

――ありがとうございます、建さん……。

「で、建。女の子はまだ来てないか？」

……ん？　大和さん、今なんて？

「もうすぐ集まってくる時間だな」

「そかそか！　しっかし今日の合コン楽しみだなぁ～！　ねえ大和！」

「建の事務所、可愛い子ばっか揃《そろ》ってるからなぁ～！」

……んん？　ん？　んん？

「とりあえず、俺帰りま す――」

「ちょ――っと待った！　真嶋！」

俺はガシッと肩を押さえられ、無理やり引き止められた。

しかし、もうなにかいろいろとわかってしまった。

「今からするのって合コンですよね？」

「正直に言えば……合コンだ」

「じゃあ帰ります、お疲れ様でした、さようなら――」

「おいおーい！　真嶋！　ちょっと待てって！」

「俺の感心返してもらっていいですか？」

それから俺は何度も帰路に就こうとしたが、建さんは建さんでなかなかしつこい。

「安心しろ！　相手の中にも高校生がいるから！」

「だったらもっと問題でしょうが！　なに考えてるんですか、あんたは！」

「だから大丈夫なんだって！　今日はノンアルオッケーだ！　つーかお前だって晶のため

に女に慣れとく必要だってあんだろぉ――――っ！」

「んなもん必要ないですよっ！」

――この人はもう～～～～～……。

「ここで問題――十四世紀、イタリアのジョバンニ・ボッカチオの代表作といえば？」

「えっと、デカメロン……は？　急になんですか？」

「だからよ、来るんだよ。うちの事務所の山城《やましろ》みづきちゃんが！」

「えっ⁉」

「お前のことかっこいいって言ってたあの子！　年齢もお前とタメ！」

「お、覚えてますが……」

「だから、な？　ちょっとだけ！　みづきちゃんに会っていけって！」

「いやしかし……」

「頼む！　挨拶程度でいいから！」

俺の心はひどく揺れていた。晶に止められて今までググることもしてこなかったが、そういえば山城みづきはご近所さんで、ずっと気になっていたグラビアの人だ。

「ほ……本当に、挨拶程度ですか？」

「そうそう！　だからちょっとだけ！　最初だけでいいから！」

「し、しかたないですね、そこまでお願いされたら、ちょっとだけ……」

「よっしゃ！　じゃあ今日の合コン頑張るぞ――――っ！」

「――お父さん、兄貴、なーにを頑張るって～～？」

その声を聞いて俺と建さんは一気に青ざめた。

二人でゆっくりと声のしたほうを向くと――そこには制服姿の晶が仁王立ちしていた。

「げぇっ⁉　晶⁉」

「おま……なんでここに⁉」

「急に兄貴を呼び出したと思ったら、どうせこんなことだろうと思ってたっ！」

どうやら俺のＬＩＭＥを見た晶が、なにかに勘づいて駆けつけたらしい。

「違うんだ、晶。冷静になって、俺の目を見ながらよ～く聞いてくれ……！」

「真嶋の言う通りだ！　これは、ほらっ！　お食事会だ、お食事会！」

「お父さんと兄貴のアホォオオオ――――ッ！」

いよいよ晶が叫んだ。

すると俺たちの異変に気づいた大和さんと弥政さんがこちらにやってくる。

「どうしたの……ってあれ？　建ちゃん、その子ってまさか……」

弥政さんが建さんに訊《たず》ねた。

「あ、えっと、こいつは俺の娘の……」

「晶ちゃんだよな？　建からいつも話は聞いてるよ」

にこっと大和さんが晶に話しかけると、

「え？　あ、そうなんですね……」

と、晶は急にしゅんとなって俺の陰に隠れた。

自分を知っている会ったこともない大人にいきなり話しかけられて、どうやら久しぶりに「借りてきた猫モード」が発動してしまったらしい。助かった……。

「でもさ～、さすがに合コンに娘同伴はちょっとねぇ～」

弥政さんはそう言って大和さんのほうを向いた。

「そうそう、グラビアの子たちも驚くよな～」

大和さんがそう言うと、晶は「グラビア⁉」と過剰反応し、みるみるうちに顔を真っ赤にしていった。

片や建さんはというと、みるみるうちに顔が青くなっていく。

「お父さん、集合して」

「はい……」

はい予想通り。

まあ、しっかりと娘に叱られたらいい――

「兄貴も！」

逃げられなかったか……。

＊＊＊

大和さんと弥政さんが先に店の中に入っていくのを見届けて、俺と建さんはだいぶお冠の晶の元に集合した。

とりあえず、俺は巻き込まれた被害者だと説明したら晶は納得してくれた。日頃の行いの賜物《たまもの》だが、とりあえず山城みづきうんぬんについては話さないでおいた。

一方の建さんは気の毒になるくらい小さくなっていた。

もともとトレンディーさの欠片《かけら》もないヤクザ風の強面《こわもて》で、街中を歩いただけで子供を泣かせてしまいそうな人が、今まさに娘に泣かされようとしていた。

こんな情けない建さんを見たのは初めてで「よし晶もっとやれ！」という気分になる。

「お父さん、どゆこと？」

「さっきの二人なんだが、長年ツルんでるテレビ局の人たちで……」

「そっちじゃない！」

「はい……。──う、打ち上げをしましょうかという流れになり、だったら女の子も呼んで楽しくやろう、そうしようという流れになりまして……」

そのときなにかがプツンと切れた音がした。

「お父さんんん──────っ！」

「ひえっ⁉　い、言い方は合コンとか言ってたけど、本当にただの食事会だって！」

そのあと娘に必死に言い訳している建さんを呆《あき》れながら見ていたが、とりあえず俺は晶の怒りが建さんにシフトしてほっと一安心だった。

しかし、晶が来ていなかったら今ごろどうなっていたことか……。

するとそこで──

「真嶋くん……？」

透明感のある綺麗《きれい》な声が聞こえた。

その声の主を俺は知っている。

いつも、俺のことを先に見つけるのは彼女のほうだ——

「月森《つきもり》さん……？」

「どうして真嶋くんがここに……？」

振り向くとそこには私服姿の月森がいた。

顔を合わせて狼狽《うろた》える俺と彼女。

すると、ようやく助け舟を得たかのように、建さんが口を開いた。

「みづきちゃん！　た、助けてくれ〜！」

——え？　みづき？　建さんはいったい誰と勘違いを……——晶？

晶は驚いた顔で固まっている。

「月森さん、みづきって……あ——」

てことは、つまり——鈍感な俺でも今回は気づいてしまった。

「月森さんは、グラビアアイドルの『山城みづき』なのか——っ⁉」

途端に月森の顔が真っ赤になった。

行き場を失ったように彼女の瞳が左右に揺れる。

建さんはひどく狼狽えており、晶は「あちゃ～」という顔を右手で覆った。

＊　＊　＊

「グラビアアイドル二年目の～、夕美《ゆうみ》かおりでぇ～す♪　趣味はお菓子作りとボルダリングです！　今日はほんと楽しみにしてきました～！」

「はいは～い、次は梨沙子《りさこ》でいいですか～？　グラビア三年目の安村《やすむら》梨沙子です！　趣味っていうか、ジムで身体《からだ》鍛えてまぁ～す♪」

「同じくグラビア十年目の～、熊見《のうみ》やす美《み》でぇ～す♪　趣味はお酒と陶芸でぇ～す♪」

と、現在この場を盛り上げているのは、今日知り合ったばかりのグラビアのお姉さんたち——という、なんともいえない自己紹介タイムが続いていた。

一言で言うと地獄だ。

建さん主催の『お食事会』が開催されて十分、俺は天を仰いで救いを求めていた。

最初は参加するつもりなんてなかった。

ところが、晶は建さんを監視するために参加すると言い出したのだ。

こんな場所に義妹《いもうと》を置いていけるわけもなく、俺はこうして大人しく着席している。

ちなみに、建さんの言い分では、この『お食事会』はあくまで仕事だという。

嘘臭《うそくさ》いが、月森も「仕事だから」と言っていたので信用するしかない。

まあ、本当に仕事かどうかはわからないが、月森以外の三人のグラビアの人たちは愛想《あいそ》良くノリノリで大和さんと弥政さんの相手をしている。

一方の、俺、晶、建さん、月森は――

「「「「…………」」」」

無言……いや、もう、ほんと、すごく帰りたい。

晶はさっきから建さんを見て怒っているし、建さんはこの世の終わりみたいな顔をしているし、月森はなぜか落ち込んでいる。……お通夜《つや》か？

さすがにこちらサイドの雰囲気が悪すぎる。誰のせいかと訊《き》かれれば、俺の隣で小さくなっているこの白いジャケットをめかし込んだ人のせいだ。

「じゃあ次、建ちゃんたちいってみよ～！」

と、弥政さんがこちらを向いた。

「姫野《ひめの》建だ。よろしく……」

「ま、真嶋涼太《りょうた》です……」

「……晶です」

「山城みづきです。グラビア一年目です……」

……すごく帰りたい。

＊＊＊

ひと通り自己紹介が終わると、しばしご歓談タイムとなった。

あの重苦しい空気に耐えられなくなった俺は、さっそくトイレのほうに逃げた。

すると――

「あの、真嶋くん！」

トイレの前、月森に声をかけられた。

「ごめん、お仕事のこと隠してて、私――」

「ああ、いいっていいって！　学校でもみんなに秘密にしてたんだよね？」

「うん……」

月森は申し訳なさそうな、それでいて落ち込んだ表情になった。

「私のこと、嫌いになった……？」

……ふむ。

わけがわからない。俺に隠し事をしていたこと？　それともグラビアアイドルという仕事をしているからだろうか？

「なんで？　べつに嫌いにはならないけど？」

「良かった……」

月森はふぅーと息を吐く。

「まあ、このことは秘密にしておくし、晶にもそう言っておくから……」

「うん、お願い」

月森は安心したのか、そのまま建さんたちのいるほうに戻っていった。

すると、月森と入れ違いでやってきたのは晶だった。

「兄貴……あの……あのね……」

と、晶はすでに叱られた子供のように小さくなっていた。

「うん？　どうした、晶？」

「ごめんなさい……」

「え？　な、なにが……？」

「月森先輩が山城みづきだって、僕、知ってた……」

言われてみれば。

ショッピングモールで会ったときから、月森の話題になるとなぜか晶が挙動不審になるのだが、これですべて納得がいった。

晶は俺に月森が山城みづきだと隠したかったらしい。

「僕、ズルしちゃった」

「ズル？」

「兄貴がもし月森先輩がグラビアアイドルだって知ったら、兄貴の気持ちが月森先輩に傾いちゃうんじゃないかって思って……」

……ふむ。

まったくもってちんぷんかんぷんだ。なに一つ今の説明がすっと頭に入ってこない。

「なんで？　グラビアアイドルだから俺が月森を好きになるって思ったのか？」

「だって、あの胸、どう見ても僕より大きいし──」

「ちょ──っと待て！　俺はいつからデカメロン信者になった⁉」

「信者じゃないの？」

「違う！　俺はチビメロンでも構わない！」

「でも和紗《かずさ》ちゃんが兄貴はきっとデカメロン信者だろうって……」

「西山ぁあああ────────っ！」

あいつ、また晶に変なことを吹き込んだな……。

呆れつつも、そこはハッキリと違うと伝えておいた。

「まあ、とりあえずいろいろわかった……。お前が月森さんの話題を出すたびにあたふたしてたのって、俺が月森さんを好きになるとか、そういう心配か？」

「うん……」

──なんて可愛《かわい》いんだ、この義妹は……。

「前に言っただろ？　月森さんはただのクラスメイトだって」

「ただのクラスメイトのために、家まで行ったりする？　弟妹《きょうだい》の面倒見たりする？」

「する。困ってるんだったら」

そう言うと、晶はようやくほっとした様子でため息をついた。

「やっぱ兄貴は兄貴だね。困ってる人を放っておけない、そういう真面目で、鈍臭くて、情にもろい人」

「鈍臭いって……せめて鈍感だって言われたほうがマシだな、それ……」

そう言って晶と顔を見合わせて笑った。

そのあと晶は戻っていったので、俺はトイレに入った。

——真面目で、鈍臭くて、情にもろいか……。

善人かどうかは置いといて、俺はたぶん困っている人を放っておけないタチだ。

でもそれは、晶が義妹になるまではそうではなかった気がする。

ここ数ヶ月で俺が変わったとするなら、それはきっと晶のお陰なのだろう。


そしてトイレから戻ってきたら——


「えっと、王様ってなにを命令したら……」

晶が割り箸を一本持って焦《あせ》っていた。

どうやら俺が月森や晶と話をしているうちに王様ゲームを始めていたらしい。

「おい、晶……おわっ⁉」

「晶ちゃんかわいぃ〜！」「もしかして王様ゲーム初めて〜？」

慌てて割って入ろうとしたら、グラビアのお姉さんたちに阻《はば》まれた。

一人、やす美さんだけはテーブルの空《あ》いた皿を片付けていた。……ガチで気が利《き》くな。

ファンになってしまいそうだ——じゃなくって！

二人はニヤニヤとしながら晶の耳元で囁《ささや》く——

「普段できないことを命令しちゃえばいいんだよ～♪」

「そうそう、ちょ～っと刺激的な命令をしてみるとか♡」

「普段できないこと……刺激的ですか……」

――って、俺の義妹になんてことを吹き込んでやがる！

「じゃあ、兄貴……」

「え？　俺？」

一瞬どんな刺激的な命令を下されるのかドキッとしてしまったが、

「あ～、違うよ晶ちゃん」

「そうそう、王様は番号でランダムに命令するか、全員に命令するんだよ～」

と、グラビアのお姉さんたちが訂正する。

「じゃあ、えっと、全員で……」

俺がほっとしたのも束《つか》の間《ま》、晶は人差し指を天井に向け、

「全員、王の前に平伏《ひれふ》せ――――っ！」

と、ビシィーッと指差しながら命令した。

――え？

「「「「「ははぁあああ～～～～～…………」」」」」

その場で俺以外の全員が畏《かしこ》まった。

たぶん王様ゲームの主旨とは違うが、まあ命令は命令だな、うん……。

＊＊＊

二時間にわたる合コンはなんとか終わり、先に月森とグラビアのお姉さんたち三人が帰っていった。建さんは同じ事務所ということもあり、駅まで四人を送っていった。

残された俺と晶は、大和さんと弥政さんと向かい合わせで座っていた。

「いや～、しかし楽しかったねぇ弥政ちゃん♪」

「若い子らと飲むとやっぱり楽しいな！」

大和さんたちは上機嫌だったが、俺と晶はちょっと気疲れしていた。

特に終始知らない人、大人たちに囲まれていた晶はだいぶ疲れている様子だった。今は少し人が減って、ようやく落ち着いてきたようだ。

「あの、お二人は一緒に帰らなくて良かったんですか？」

それとなく訊《き》くと、大和さんが「このあとがあるから」と言った。

「建が戻ってきたら、今度は男三人で二次会に行くんだよ」

「げ、元気ですね……」

「テレビマンは体力勝負だからね。それに、建とはもっとじっくり話したくてさ」

「あの……お父さんとは、昔から仲が良いんですか？」

晶が訊くと、大和さんと弥政さんは大きく頷《うなず》いた。

「まあ、十年来の戦友っていうの？　俺たちはずっと建と三人でやってきたんだ」

「多少無茶はしてきたけどさ、建ちゃんが上手《うま》いこと演者との橋渡ししたり、フォローしてくれたりして、頑張ってきたんだよ」

懐《なつ》かしむように話す二人の話を聞きながら、晶は少し意外そうな顔をしていた。

「お父さん、人付き合いは良いほうなんですか？」

「慕ってくれている後輩の役者さんとか、大御所のタレントさんと懇意にしてるね～」

「あんななりでも面倒見の良さで人気あるからねぇ、建ちゃん。俺たちも陰でいっぱい支えてもらってるんだ」

弥政さんがそう言うと、大和さんもうんうんと頷いている。

「今日の合コンだって、俺たちに今企画進行中の番組への橋渡し。まあ、顔見せというか紹介というか、そんな感じだ」

俺はてっきり飲んで騒ぎたいだけだと思っていた。

晶もそう思っていたらしく、どこか感心しているような顔をしていた。

「そういえば晶ちゃんも芸能界《こっち》を目指してるって聞いてるよ」

「しかもあのフジプロAからスカウト、スカウトマンはあの新田亜美《にったあみ》か……」


「新田さんってマネージャーとして有名なんですか？」

俺が訊くと、大和さんと弥政さんは顔をしかめた。

「業界屈指の敏腕マネージャーだ。絶対に表には出ないけどな？」

「まあ、君がサブマネやるならたぶんそのうち知ることになると思うけど、覚悟したほうがいいよ？　……な～んてね♪」

最後はギャグっぽく言われたが、俺は少し気を引き締めた。

やはり新田さんはとんでもない人のようだ。

「晶ちゃん、実物見るのは初めてだけど、建ちゃんからよく話は聞いてたよ」

「写真とかも見せてもらったな。いや～、本当に可愛いな～」

晶は照れ臭そうに俯《うつむ》く。

「仲良く遊びに行った話とか聞かされると正直羨ましいくらいだね～」

「そうそう、建がいつも現場で言ってるんだ。娘がいるから頑張れるって」

「え……？　お父さんが……？」

「うん。建ちゃんにとっては離れて暮らしてても大事な娘。だから、あんな感じの人だけど、これからもお父さんと仲良くしてあげてね？」

晶は「はい」と頷いた。

「それと真嶋くんのことも最近よく話題に上るんだ」

「え？」

「晶ちゃんのために頑張るすげぇ兄貴だって言ってたよ。サブマネを買って出たんなら、これからも晶ちゃんと仲良く頑張るんだぞ？」

「は、はい……」

俺と晶は気恥ずかしくなって俯いた。

まったくあの人は。晶のことはいいとして、俺のことまで勝手に話さないでほしい。

「あ、そうだ。晶ちゃん、建とはマメに連絡してるか？」

「え？　たまにですけど……どうしてですか？」

「いやな、ちょっと大変なことがあってなぁ……大丈夫だからって口止めされてたんだけど、じつは先月、建が現場で——」

大和さんがなにか言おうとしたら、建さんが戻ってきた。

「戻ったぞ。——ん？　お前らなに話してたんだ？」

「べっつに〜。建ちゃんが子煩悩《こぼんのう》の親バカだって話してただけ」

「うっせぇ……。よし、解散するぞ」

そのあと俺たちは店を出て表で別れた。

建さんは大和さんと弥政さんと男三人で仲良く繁華街のほうに向かう。

その背中を俺と晶はぼーっと眺めていたが、晶がそっと口を開いた。

「いい加減なだけじゃないんだね、お父さん……」

「そうだな。もしかすると、いい加減に見せたいだけなのかもな……」

そのあと俺と晶はゆっくりと家に向かって歩き始めた。

晶は腕を絡めてくるが、いつもより口数が少なく、そのうち無言になる。

冬の夜空の下を歩くのは寒い。それでいて静かだ。

でも、星空が綺麗《きれい》で、なぜだか心地のよい夜だった。

1 JANUARY

1月28日（金）

お父さんがやらかした！

今日、いきなり兄貴を呼び出したと思ったら合コンの誘いだった！

しかもそこに山城みづき、つまり月森先輩登場で兄貴にバレちゃった！

ちょっと整理しよう……！

兄貴から、お父さんとこれから会うってLIMEがきて、なんだか怪しいなと思って、ひなたちゃんと別れたあとに洋風ダイニング・カノンに行ったら……合コンかい！

しかも兄貴を数合わせに呼ぶとか、どういう神経してんの！　って怒ってたら、そこに月森先輩が来て、月森先輩が山城みづきだってことが兄貴にバレちゃった……。

あちゃ～ってなってたけど、月森先輩の顔を見たら、兄貴にバレたくなかったみたいでショックな顔してた……。

月森先輩の立場を考えたら、やっぱり兄貴に言わなくて正解だったと思った。

でも……言わなかったのは、私自身のため。

兄貴を月森先輩にとられたくなかったから。

そういう、ズルい私、反省します……。

ちなみに合コンが終わったあとの話だけど、お父さんが頑張ってるって話を聞けてよかった。

鈴木さん、佐藤さんっていう二人のテレビ局の人が教えてくれたんだけど、あんなお父さんだけど、周りの人に面倒見がいいって人気があるんだって。

それに、お父さんは私がいるから頑張れるって言ってくれたみたい。

嬉しい。

お父さん、私のこと大事に想ってくれてるんだなって思った。

今日は人見知りしちゃったけど、いつかお父さんみたいに、いろんな人に頼られる人になりたいなあと思いました。

でも、兄貴を合コンに誘うのはもう止めてね、お父さん！

第10話「じつはクラスメイトの弟をなんとかしたいと思いまして……」

一月三十一日、あっという間に一月が終わりを迎えようとしていた。

学年末テストが近いこともあり、また高校入試が近いこともあって、今日から部活停止で午前授業。勉強するために残ることは許可されていたので、星野《ほしの》の発案で、俺、光惺《こうせい》、星野と月森《つきもり》の四人でまた勉強会をすることになった。

「千夏《ちか》、ここは？」

「えっとね──こういうことかな」

「そっか、サンキュ」

光惺と星野が勉強している中、俺は先週の金曜の出来事がどうしても気になっていた。

──月森さんは、グラビアアイドルの山城《やましろ》みづき……。

この事実を知っているのは、おそらくこの学校で俺と晶《あきら》だけ。

これまでもそんな噂《うわさ》は耳にしたことがなかった。

「涼太《りょうた》？」

「あ、うん？」

「どうした？　手、止まってんぞ？」

「ああ、ちょっとここの問題がわからなくてさ……」

苦笑いをしながら、俺は考え事を頭の中から振り払う。

そのことを一番気にしているのはおそらく月森のほうだと思ったので、俺は余計なことを考えないように、淡々とペンをノートに走らせた。

＊＊＊

「ふぅ～……ちょっと休憩しよっか？」

「飲み物買ってくる」

「あ、私も！」

光惺と星野が教室から出ていったあと、俺と月森は顔を合わせた。

「あのさ、月森さん……」

「なに？」

月森は少し戸惑っていた。なにを訊かれるのか心配なのかもしれない。

俺は声を潜めた。

「先週のこと、建《たける》さんの……ちょっと引っかかっていることがあって」

「うん……」

「月森さんが今のバイトをやってるのって、やっぱり下のきょうだいたちのため？」

月森は少し悩む素振りをした。

「少し違う。私は私のため。ちょっとだけ家にお金を入れてるけど、ほとんどは私の大学進学のための資金づくり。──でも、よくよく考えてみたら真嶋《まじま》くんの言うとおりかも。夏樹《なつき》たちがちゃんと進学できるようにしたいから」

つまり、家計に負担をかけたくないから、ということか。

「金曜日、私と会ったとき驚いた？」

「まあちょっとは。でも月森さんは月森さんだから」

俺がそう言うと、月森はいつものように横髪をいじり始めた。

「私からも真嶋くんに訊きたいことがあって」

「なに？」

「晶ちゃんのこと、山で助けたっていう話、あれ本当？」

「ああ、うん……助けたというか、助けられたって感じで──」

そのとき、あれ？　と思った。

「えっと、月森さんは建さんからその話を聞いたんだよね？」

「うん」

「じゃあもしかして、俺に義妹《いもうと》ができた件は前の勉強会より前に知ってた？」

「うん。十一月くらいに。事務所で建さんが真嶋くんの名前を出したことがあって。あと、真嶋くんが『ロミオとジュリエット』をやっていたのも観《み》てた」

やはりそうだったのか。

建さんは俺たちがクラスメイトだとは知らなかったようだが、月森は、俺と晶が義理の兄妹《きょうだい》だということも少し前から知っていたらしい。

「真嶋くん、妹さん思いの良いお兄ちゃんだね」

「いや、月森さんには負けるよ」

「ううん、私は……。それよりも、真嶋くんは変わったね」

「え？　俺が？」

「一学期は変わった人だなって思ってた」

それはお互い様な気もするけれど……まあいい。

「そ、そう？」

「うん。でも今は——」

「……今は？」

「やっぱり、なんでもない」

月森はそう言うと遠慮がちに微笑《ほほえ》んだ。

＊＊＊

その日の放課後は珍しく光惺と帰っていた。

結城《ゆうき》学園前駅に向かって歩いていたら、光惺は「そうだ」と言って足を止めた。

「月森の件だけど」

「月森さん？」

「あんまり肩入れしないほうがいい」

光惺は仏頂面《ぶっちょうづら》で言った。

「お前さ、月森さんのことなにか知ってるのか？」

「いや、なんも。──ただ、お前がまたなんか抱え込んでる顔してるからな」

「優しいな？　気にしてくれてたのか？」

「うっせぇ」

俺は光惺に月森の弟の件だけを話しておいた。

結城学園を選んだこと、好きなのに野球を辞めること——光惺はそれらを静かに聞いていたが、俺が話し終わると少し考え事をした。

「お前が月森の弟を気にしてるのって、過去の自分に重ねてんの？」

「かもな。……まあ、事情は違うけど、なんだか放っておけなくて」

「やっぱお前アホだな」

「いきなりひでぇな……」

光惺は自分の家のほうに歩き出しながら、

「中学んときの、最後のフリースロー……」

と、なにかを思い出したように言った。

「ん？」

「まだ気にしてんの？」

「…………」

「ま、なんでもいいけど。肩入れするなら、次はちゃんと決めろよ？」

そう言うと、光惺はなに食わぬ顔で去っていった。

俺はその場で少し立ち止まり、迷っていた。

肩入れするべきか、しないべきか。

これ以上はただのお節介になるかもしれない。

それに、次はちゃんと決められるか保証がないから。

＊＊＊

家に着くと晶が先に帰っていた。

すでに部屋着に着替え終わっていて、ソファーに寝転んでスマホを弄《いじ》っている。

「ただいま」

「おかえり兄貴〜」

「ひなたちゃんたちとの勉強会、どうだった？」

「結構進んだよ。兄貴のほうは？」

「俺は……まあ、やっぱり気になることがあってな」

「月森先輩のこと？」

「まあな……」

俺も部屋着に着替えたあと、晶に月森がグラビアアイドルをしている理由を話した。

「──そっか、大変なんだね……」

「まあ、本人は大変だとは言わなかったけど。それと、俺たちの『ロミオとジュリエット』を観てたらしいぞ」

「え？　そうなの？」

「あと、家族旅行の件は建さんから聞いてたらしい」

「じゃあ、知ってて兄貴には今までなにも言わなかったの？」

「そうらしい」

するとは晶はソファーに座り直し、スマホをテーブルの上に置いた。

「どうして今まで言わなかったんだろ？」

「まあ、言う必要性もなかったし、家族旅行の件は建さんとの接点があることがわかったら山城みづきだってバレるって思ったんじゃないかな？」

「兄貴にはグラビアアイドルだということを隠したかったのかな？」

「まあ、俺にかかわらず学校で公言したくないんだと思う。友達の星野さんにも短期バイトって言うだけで、グラビア活動をしていることは言ってないみたいだし」

すると晶は「そっか」と言って、また考え込んだ。

「どうした？」

「月森先輩って、本当にすごい人なんだなって思って。勉強もできるし、夏樹くんたちのことを考えてバイトしたり家事をしたりしてるんだよね？　でも、自分の大学進学のお金も貯《た》めてるって、すごいと思うよ」

「だよな」

晶は「だからなんだけど」と前置きをした。

「逆に、そんな月森先輩のことを夏樹くんはどう思ってるんだろうって思って」

「ああ、そういえば……」

けれど、夏樹に対する思いは聞いた。

月森の夏樹が姉をどう思っているのかは聞けていなかった。

「もしかすると、そんな大変な姉を見てるから、自分もって思ってるのかもな」

野球を辞めて学業に専念する。

もしかするとバイトを始めて少しでも家計を助けたい、あるいは自分の進路のためにと思っているのかもしれない。

でもそれは、野球を続けてほしいという月森の願いと相反する。

姉弟《きょうだい》でべつの方向を向いているのが悩みの根本的な原因なのかもしれない。

そして俺はそれをどうにかしたいと思っていて、けれどほかの家庭の事情だからと踏み込めないで迷っているのだ。

「ねえ、兄貴。夏樹くんのこと気にしてるんでしょ？」

「まあな……。でも、やっぱりほかの家庭の事情だからさ……」

「そうだよね。でも、兄貴はなんとかしたいって思ってて迷ってるんだよね？」

「ああ……」

「だったら、兄貴がやることは決まってるじゃん」

晶はニカッと笑顔を浮かべた。

「なんだよ？」

「とことん夏樹くんに関わること。僕が兄貴にしてもらったみたいに、今度は夏樹くんのこと元気にしてあげてよ！」

「晶にしたみたいに……？」

「兄貴は血の繋《つな》がってない僕を受け入れようと頑張ってくれた。いっぱい励ましてくれて、応援してくれて、今の僕があるんだ。だからほかの家庭の事情だからって諦めなくてもいいんじゃないかな？」

それは、たぶん逆だ。

晶が元気になる姿に、俺はずっと励まされ続けてきた。

こんな俺でも誰かの役に立てる——そう思うと、自然とやる気が溢《あふ》れてきた。

だから、俺は晶と出会った日からずっと晶に支えてもらっている。

いや、支え合っているというべきなのかもしれない。月森ほどではないが。

「つまり、ほかの家庭の事情は関係ない、月森さんや夏樹のことを俺が支えたいって思うかどうかってことか……」

「そう。それに兄貴が夏樹くんを心配するのって、兄貴の過去と関係するからだよね？」

——やっぱり聡《さと》いな、晶は……。

「ひなたちゃんからちょっと聞いたんだ。中学のときの兄貴はすごいバスケの選手だったんだって」

「…………」

「それなのに、高校で続けなかったのはどうしてなんだろうってひなたちゃんと話してたんだけど……」

「まあ、俺がバスケを辞めた理由は親父《おやじ》の仕事が大変になって、家のことをしなくちゃなって思ったんだ。だから、家族のためってところで夏樹に共感してな……」

「本当に、それだけ？　兄貴がバスケを辞めた理由、ほかにもあるんじゃない？」

「…………」

俺は口ごもってしまった。

「言いたくないなら無理には訊《き》かないよ」

「すまん……」

「ううん。でも、兄貴が夏樹くんにとことん関わるなら、僕もとことん付き合うよ！」

晶はそう言ってにこっと笑ってみせた。

――とことん付き合う、か……。

考えてみれば、俺は晶と出会ったころ、素っ気ない態度の晶に何度も関わろうとした。

ウザいと思われても、晶の過去を塗りつぶすくらい良い家族になりたいと思ったから。

バスケを辞めてからの俺は日々を淡々と過ごしていた。

なにかに熱くなることもなく、どこか冷めたような、色のない生活。

それが晶と美由貴《みゆき》さんがきたことで一変した。

毎日が色鮮やかで、眩《まぶ》しくて、時間が経《た》つのもあっという間で。そんな目まぐるしくも楽しい毎日を、俺は今こうして過ごせている。

――だから、やっぱり。

夏樹にとっては大きなお世話かもしれない。

でも、やはり夏樹には、過去の俺と同じ思いはしてほしくない。

「すまんな、晶。尻を叩《たた》いてもらったみたいで。でも、今ので俺の気持ちは固まった」

「じゃあ、兄貴……！」

「ああ。協力してくれるか、晶？」

「もちろん！　とことん付き合うぜ、兄貴！」

俺と晶はがっちりと手を握り合った。

＊＊＊

翌日の放課後、俺は月森と二人きりになったタイミングで、悩みに悩んで一晩考えたことを月森に提案してみた。

「え？　夏樹の受験勉強みてくれるの？」

「まあ、文系だけ。ダメかな？」

「ダメじゃないけど……真嶋くん、学年末テストは？　大丈夫？」

「それは今回なんとかなりそう。理数はこうして月森さんから教わってるし、文系も範囲が狭いから問題ない」

「そう……」

月森は申し訳なさそうな顔をしたが、少し悩んでコクリと頷《うなず》いた。

「夏樹も真嶋くんに会いたがってたし、お願いできるかな？」

了承を得た俺は、もう一つの提案をしてみる。

「それと、夏樹のために引退式をしたいんだけど……」

「引退式？」

「たぶん、このまま野球を辞めてしまったら夏樹に悔いが残ると思う。できたら、スッキリした気分で結城《う》学園《ち》に入学してもらいたいんだ」

「真嶋くん……」

「協力してくれないかな、月森さん？」

笑顔でそうお願いすると、月森の瞳が潤んで大きく揺れた。

＊＊＊

さっそく翌日の放課後、俺と晶はそれぞれ勉強会が終わったタイミングで待ち合わせ、月森家に向かった。

ちなみに月森は事務所に用事があるとかで別行動。俺と晶だけで月森家に向かう。

そうして月森家のインターホンを鳴らすと夏樹が出迎えてくれた。

「あ、真嶋さん、姫野《ひめの》さん！」

「よ、夏樹」

「こんにちは、夏樹くん」

「わざわざありがとうございます。どうぞ入ってください！」

こうして晶が若葉《わかば》と遊んでいるあいだ、俺は夏樹に勉強を教えていった。

結城学園の学力特待生、学費全免に向けて。


そして夏樹の入試の前日になり——

「よし！　かなりいい感じだ！」

「本当ですか⁉　ありがとうございます！」

夏樹に結城学園の過去問を解かせたが、各科目軒並み九割以上の点数をマークしていた。

入試は五科目。うち、文系科目は選択問題も記述問題も問題なく解けている。理科と数学については月森が教えているのもあってバッチリだった。

多少のミスはあってもこれなら問題ない。

「あとは明日緊張しないかどうかだな？」

「ううっ、なんだか緊張してきました……」

若干緊張気味の夏樹を微笑《ほほえ》ましく思いながら、心の中で頑張れと応援しておいた。

「ところで真嶋さん……」

「ん？　なんだ？」

「その手、どうしたんですか……？」

夏樹が心配そうに見つめる先は、包帯が巻かれている俺の手だった。

じつはここ最近、元高校球児の親父に頼んでバッティングの練習をしていた。

グリップの握り方が悪いせいで、すぐにマメができては潰れ、この状態だったりする。

いよいよひどくなって包帯を巻き始めたのだが、さすがに夏樹の目にも留まってしまったらしい。

「これか？　まあちょっとな……」

「大丈夫ですか？　痛くないですか？」

「ああ、うん……平気だ。じゃあそろそろ夕飯の時間だし、下に下りるか？」

「はい！」

＊＊＊

一階に下りる前からカレーの良い匂いが漂っていた。

リビングに行くと、エプロン姿の月森と晶が夕飯の準備を終わらせたところだった。

「あ！　兄貴、ちょうど良かった！」

「呼びに行こうと思ってたの。今日は晶ちゃんに手伝ってもらってカレー」

「オレも人参《にんじん》と玉ねぎの皮むいたしー」

若葉がむっとしたのをみて、晶はよしよしと頭を撫《な》でる。

「若葉も頑張ったもんね～？」

「えへへ……って、晶にぃ！　子供扱いすんなって～！」

と言いつつも、若葉はそれほど嫌そうではない。

「兄貴、月森先輩から月森家秘伝のレシピを教わったから、今度家で作ってあげるね♪」

「おう、ありがとう」

「晶ちゃん、覚えるの早くてすごいね」

「要領が良いだけだと思うけどな……」

「なんだとぉ――――っ！」

晶がプンスカしながら俺に詰め寄る。

その様子をクスクスと笑って見ている月森と若葉。そして、苦笑いの夏樹。

この数日間で、晶と月森はだいぶ仲良くなった。若葉と三人で遊んだり家事をしたりと、まるで三姉妹のように過ごしている。

これは明るい性格の若葉のおかげでもあった。

「真嶋さん、晶にぃってほんとすごいんだよ！」

「ん？　なにが？」

「包丁とコンロを使わずにいろんな料理をつくるんだ！」

感心する、ところか……？

ズボラ――いや、晶を見る若葉の目はキラキラと輝いているから良しとしよう。

「晶ちゃんのおかげで家事がスムーズ」

「僕はべつに、月森先輩のほうがすごいです！」

「ありがとう」

晶と月森が微笑みを交わしている。

――なんかいいな、こういうの。

ジーンとしていると夏樹が俺の腕を引っ張った。

「真嶋さん、今日は夕飯一緒に食べて帰ってください！」

「え、でも……」

「そうそう！　晶にぃはオレの隣な!?」

「あ、えっと〜……」

「真嶋くん、晶ちゃん、ぜひ一緒に食べていって」

俺と晶は顔を見合わせて、こそばゆいような気持ちになった。

＊　＊　＊

晶と月森と若葉、三人合作のカレーは本当に美味《おい》しかった。

他所《よそ》の家のカレーは上田《うえだ》家で食べたとき以来で、美由貴さんの作るカレーともまた違った。

「このコクの深さはなんだろう……ヨーグルト？」

疑問を投げかけると、晶と月森は互いに顔を見合わせてクスッと笑う。

「ハズレだよ、兄貴♪」

「残念」

「そっか～……じゃあ、わからん」

首を捻《ひね》ると若葉が「オレ知ってる！」と手を挙げた。途端に晶と月森がシーッと息ぴったりに口止めをしたので、若葉は慌てて口を押さえる。

「じゃあ夏樹、教えてくれ」

「ボクも知らないです～……」

「そっか。──そういえば夏樹は料理できるのか？」

興味本位で訊《き》いてみると、夏樹は顔を真っ赤にした。

「それが、ボク、あまり料理が上手《うま》くなくて……」

「真嶋くん、夏樹はお菓子作りのほうが得意なの」

月森が言ったのを聞いて「あ～」と納得した。

「ポイント高いな、それ」

「え？　なんのポイントですか？」

夏樹は可愛《かわい》らしく小首を傾《かし》げた。

「いや、こっちの話だ……」

そろそろ話題を変えよう。

「そうそう、夏樹。引退式をしないか？」

「引退式、ですか？」

「ああ。まあ、そこまでかたっ苦しいものじゃなくて、受験が終わったら気晴らしに野球でもしないかって」

「でも、チームはどうするんですか？」

「俺とお前の一騎打ち。お前がピッチャーで、俺がバッターみたいな感じでどうだ？」

すると若葉が手を挙げた。

「はいはい！　オレもやりたい！」

「なら、若葉は守備、夏樹のほうな？」

「じゃあセカンドがいい！」

「決まり。——で、どうだ夏樹？」

夏樹は俺の包帯が巻かれた手をじっと見ていた。

「……なるほど、その手はそういうことだったんですね？」

どうやら夏樹は気づいたらしい。

さすがにこの話の流れでバレバレだったか。

「すまんな、さっきは誤魔化して。でも、一度お前がピッチングする姿を見てみたかったんだ。――で、練習してたらこんな感じに」

ダサいだろ、と俺が笑いながら包帯の巻かれた両手を見せると、夏樹は首を横に振り、少し考える素振りを見せた。

やろうかやるまいか迷ってる感じだ。

夏樹は野球が好き。だからここは乗ってほしい。

野球を辞めると決めたのに、引退式と称して野球することを押し付けるのは、たぶん嫌がりはするだろうが、でもここは、どうしても乗ってほしい。すると――


「私がキャッチャーをやる」


月森が唐突に口を開いた。

予定になかったことで、これには俺も晶も少し驚いた。

「え？　姉さんも？」

「元ソフト部のキャッチャーだし、大丈夫。私が夏樹の球を受け止める」

「でも、もし怪我《けが》でもしたら、グラビアの仕事が……」

「私にとって大事なのは夏樹だから。構わず全力で投げて」

月森の意志は固そうだった。

そして夏樹はようやく腹が決まったように、目に力を込めた。

「そういうことなら……わかりました。その勝負、受けて立ちます！」

――よし！

「じゃあ入試が終わった明後日《あさって》の日曜日でどうだ？」

「はい！　喜んで！」

＊　＊　＊

夕飯が終わり、後片付けもして、俺と晶は月森たちに見送られて月森家をあとにした。

「それにしても兄貴、本当に一人で大丈夫なの？」

「ん？　夏樹との勝負のことか？」

「うん。僕も兄貴と一緒に練習してたから、なにか手伝えるんじゃないかって……」

「まあ、そのあたりは心配ない。俺はバットに当てるだけだし、むしろ守備が必要なのは夏樹のほうだ」

と、少し適当に言ったら晶が呆《あき》れていた。

「それは、当てられたら、の話だよね？」

「まあ、そういうことになるけど大丈夫だろ。数打ちゃ当たるって昔から言うし」

「その自信はどこからくるのか……はぁ～～～……」

だいぶ呆れられたが、これで引退式の準備は整った。

あとは入試が終わった翌日、日曜日に向けて準備を進めるか――

「ところで兄貴、自分の試験勉強は？」

「あ……」

まあ、それはそれ……。

1 JANUARY

1月31日（月）

今日、兄貴から月森先輩がグラビアアイドルをやっている理由を聞いた。

自分の進路のこととか、弟たちのことを考えてとか、それで家事をしたり、周りのことばかり考えて、頭も良くて、本当にすごい人だなって尊敬した。


それで、もし自分が月森先輩の妹だったらって考えてみた。

夏樹くんと同じ中三だったら、そんなお姉ちゃんのことを見てたら、たぶん自分もお姉ちゃんみたいにしなきゃって思うんじゃないかな？

自分のことは自分でなんとかする。プラスで家族のことも考えたい。

そう思って、やりたいことを我慢するんじゃないかなって思った。


そんなことをぼんやり考えてたら、兄貴がなにか良い方法を思いついたらしい！

さすが兄貴だぜ！

今回もひなたちゃんのときみたく、月森先輩や夏樹くんの抱えてるものをなんとかしてくれるかも！


兄貴にお願いされたのは、前と同じ。

学校が終わったら月森先輩の家に行って、兄貴は夏樹くんの勉強をサポートして、そのあいだ私は若葉と一緒に遊ぶこと。

兄貴は入試まで夏樹くんのことをサポートしてあげるんだって！ 優しい！


あとは夏樹くんが無事に合格して、特待生になったら、夏樹くんの件を解決するって言ってた。それが月森先輩の悩みを解決することにもつながるんだって。


私にできること。

兄貴ほどじゃないけど、月森先輩のお手伝いくらいならできると思う。

あと、単純に月森先輩と仲良くなりたい！

第11話「じつはクラスメイトの弟と引退式をすることになりまして……」

二月六日日曜日。

この日、俺は夏樹《なつき》と引退式をするために月森《つきもり》家の近所のグラウンドに来ていた。

ここは若葉《わかば》が入っている少年野球チームが使用している場所で、使用許可は月森がとってくれた。

「兄貴、今の気分は？」

ベンチに座っていたら、隣に座る晶《あきら》が声をかけてきた。

「う～ん、ぶっちゃけ、ちょっと緊張している」

ただ、俺の緊張は夏樹との勝負自体というよりも、その先にある。

俺は夏樹のほうを見た。若葉と一緒に準備体操をしている。

月森はこちらに気づくと、示し合わせたようにコクンと頷《うなず》いた。

本当にうまくいくかどうかわからないが、やるしかない。

「真嶋《まじま》さん、今から投球練習しますが、すぐに始めますか？」

いつものやんわりとした口調で夏樹が言った。

「そうだな。じゃあちょっとピッチングを見せてくれ」

「わかりました」

夏樹は笑顔で若葉とグラウンドのほうに向かう。

その可愛らしい後ろ姿を見ながら、晶がポツリと呟《つぶや》いた。

「兄貴、夏樹くんってほんとにエースだったの？」

「うん、まあな……」

あの可愛らしい姿からは想像できないが――


――ズパァ――――――ン！


肩慣らしの一球目のはずなのに、革のグローブに突き刺さるような快音が鳴り響いた。

「ほえぇぇ～～～～～……」

晶があんぐりと口を開けた。

夏樹がそのあと二球、三球と投げていくたび、グラウンドに快音が鳴り響く。

「いったぁああ～～！　やっぱグローブじゃ、なっちゃんの無理っ！」

音を上げた若葉がいてててと手を振るう様子を見て、夏樹は苦笑いを浮かべている。

「兄貴、あれ、ヤバくない……？」

「うん、ヤバいな……」

素人《しろうと》の俺たちでもわかるこのヤバさ。

しかし、夏樹がまだ本気ではないことはわかっていた。もっと本気にさせないと――

「真嶋くん……」

俺たちのベンチのそばに月森がやってきた。

「どうしたの？」

「本当に大丈夫？」

「まあ、親父《おやじ》と練習したし、バッティングセンターにも行ったし……なんとかするよ」

そう言いつつ、内心はかなり焦《あせ》っていた。というのも、バッティングセンターでは最高一一〇キロで練習していたのだが――

――ズパァァァ――――――ン！

……一一〇キロより明らかに速い。

「なっちゃん！　マジで手加減して！」

「あははは、ごめんごめん、つい」

夏樹は笑いながらやっているが、若葉は左手がだいぶ厳しそうだ。

「夏樹のストレート、最高は一二五キロ……」

「一二五キロッ⁉」

晶が目を丸くして驚いた。

「兄貴、これ無理ゲーじゃない……？」

「言うな。やる前から心が折れそうになるから……」

夏樹の準備が整ったところで、いったん集まった。

「なあ夏樹、勝負を盛り上げるために、エアホッケーのときみたいに賭けをしないか？」

俺はここぞとばかりに言った。おそらくこのタイミングしかない。

「賭け、ですか？」

「そう。これで俺とお前は一対三。俺はバッティングのみ。お前はピッチャーとして七イニングまで投げる。勝ったほうのお願いを聞くって感じで」

「七イニングですか……」

夏樹は少し考える素振りをした。

「最近練習していなかったので、そこまでは――」

「じゃあ五イニングでどうだ？」

「五なら大丈夫です」

「良かった。――で、先に俺からのお願いを伝えておくけど、もしこの不利な条件で俺がホームランを打ったら、夏樹は結城《ゆうき》学園で野球を続けること」

「えっ⁉　なんですか、その条件⁉」

「そっちは経験者三人。俺は練習したとはいえ素人。――まあ、ホームランは難しいだろうが、こういうプレッシャーがあったほうが燃えるだろ？」

驚く夏樹を見て、俺はやんわりとした口調で畳みかけた。

すると夏樹は「う～ん」と難しそうな顔をして、

「わかりました。じゃあその条件でやりましょう」

にこりと笑顔を見せた。

――よしよし、乗ってきたな……。

だが、ズボンから髪ゴムを取り出して長い髪を括《くく》ると――

「じゃあ……ちょっと本気、出しますね？」

その瞬間、ぞわりと俺の鳥肌が立ったのは、冬の寒さのせいだけではない。

＊　＊　＊

月森と若葉が守備につき、夏樹がマウンドに立った。

その表情は、いつものおっとりとした感じではなく、真剣そのものだ。どこか威圧してくるような空気がひしひしと伝ってくる。

プレイボール。夏樹の第一球は――

「よし、来い！」

――シュ～～……ズパァ――――ン！

月森が構えるキャッチャーミットに鋭く突き刺さった。

俺は、ゴクリと唾を飲んだ。

ボールが投げ放たれてからミットに至るまでのあいだの風切音《かざきり》が、導火線に火がついたときの音に似ている。ミットを叩《たた》くボールの音も近くで聞くとなかなかに迫力があった。

情けないが、怖い。

バットを振るタイミングを完全に逃したというよりも、ビビって手が出せなかった。

「今の、ストレート」

と、月森が教えてくれた。

「オッケー……」

手も足も出ないが、出さなければ始まらない。

――せめて振らないと。しかし……。

続く二球目もストレート、俺は空振り。そして続く三球目もストレートで空振り。

――全然見えん！

これほどまでに夏樹のストレートが速いとは思いもよらなかった。

「真嶋さん、ワンナウトです～！」

「わかってるって……！」

夏樹はふふっと笑うと、また真剣な表情に戻る。

二打席目も三振。三打席目も三振……。

こうして一イニングがあっという間に終わってしまった。

いったんベンチに戻ると心配そうな晶が迎えてくれた。

「兄貴、大丈夫？」

「いや、マズい。想定以上だな、あれ……」

もともと一イニング目は、目を慣らし、タイミングを計ることに撤する予定だった。

ところが全然打てるビジョンが見えない。むしろ心を折られそうになった。

そもそも、今日の目的の一つとしては、素人の俺相手に打たれて悔しいという気持ちを夏樹に味わわせるためだった。そこでもう一度野球を続けたいと思うきっかけになってくれたらいいという淡い期待もある。

進路変更はできないが、せめて結城学園でも野球を続けてほしい。

そのために、じつはいろいろと準備をしてきた。

まず、この作戦を立てた上で月森と相談し、夏樹の試合のＤＶＤを借りていた。

それを親父と見て徹底的に分析。夏樹がどんな投手なのか、球種は、決め球は、と親父からいろいろ教わり、バッティングの練習に励んだ。

そうしてバッティングセンターに通いつつ、空き時間を利用して素振り。

けれど、やはり付け焼き刃程度で、バッティングセンターの一一〇キロでもゴロかフライが関の山。きちんとヒットを打てたのは数回しかない。

――これでよく勝負を挑んだな、俺……。

自分に呆《あき》れながら向こうのベンチを見ると、月森が不安そうな表情を浮かべてこちらを見ていた。

俺はもう一度、コクリと頷《うなず》いて合図を送る――大丈夫だ、と。

「兄貴、最後のほうはタイミング合ってきてたよ！　あとはバットを振る高さ！」

「了解。じゃあ次、もう少し頑張ってみる――」

月森のためにも、俺を応援してくれる晶や、練習に付き合ってくれた親父のためにも、ちょっとはかっこつけたいところだが――厳しいな……。

＊＊＊

そして二イニング目の二打席目。

――ここだっ……！

夏樹のストレートのタイミングを捉え、俺はバットを振った。

すると、パコッと快音とまでいかなかったが、ようやく当てられた。

けれどファール。

振り遅れて打ったボールはゴロゴロと転がって、そのまま一塁の横を通り過ぎた。

——や、やった、当たった……。

ファールでもようやくなにかの手応えを摑《つか》んだ気になった俺は、夏樹を見た。

これには夏樹も驚きを隠せないような顔をしていたが、すぐに元の顔に戻る。

そして二投目。完全にタイミングを捉えた——かに思えたが、

——スカッ！

けっきょく空振り。

いやしかし、タイミングも高さもバッチリだったはず。なんだ今のは？　と驚いたが、キャッチした月森が返球しながら言う。

「今のが、夏樹の高速スライダー」

——これが夏樹の決め球か……。

高速スライダー——ストレートに近い速さの変化球。

月森から渡されたDVDで見ていた中で、何人ものバッターが悩まされていた球だ。

ストレートかと思いきや、ググッと途中でコースが変わる。

——厄介だな。ただでさえボールが見切れないのに曲がるとか……。

けっきょく二イニング目もファール一つで良いところなし。

ベンチに戻ると晶がすぐに駆け寄ってきた。

「兄貴、手見せて！」

「ああ……」

バットを離すと血が掌《てのひら》に広がっていた。

マメがいくつか潰れ、その奥の皮膚が赤く顔を出している。

「これ、ひどい……」

「大丈夫。ジンジンするけど慣れてるから」

心配そうな晶に笑顔を向けるが余裕はあまりない。

夏樹はまだまだ余裕がありそうだが。

正直、七イニングでゴリ押ししておけば良かったと後悔した。

でも、そこまで引っ張ったところで打てるとも限らない。

やはり次の三イニング目でなんとか――

ズキィーン……

――あ……。

「どうしたの、兄貴？」

「え？　ああ、いや、なんでもない……じゃあ次、行ってくる――」

＊＊＊

三イニング目が始まって二打席目が終わったころ――

「ハァ……ハァ……ハァ……――くうっ……⁉」

バットを振るが完全に振り遅れていた。

「くそっ……！」

俺は奥歯を食いしばったが、そのタイミングで月森が立った。

「真嶋くん、肘……」

「え……？」

「肘、見せて！」

「いっつ……⁉」

月森は俺の腕を摑むと袖をめくった。

「真嶋くん、この肘……」

肘を動かすとズキンと痛みが走っていたのだが、見ると赤く腫れ上がっていた。

「なんでもないよ……」

「ダメ、この肘じゃ、もう……」

「平気だって――」

「平気じゃないよっ！」

急に月森が叫んだので、周りがビクッと反応したのが見えた。

「……ごめん。でも真嶋くん、これ以上やったら――」

「ごめん、月森さん。まだ、終わってないから……」

「真嶋くん……」

「あいつは……夏樹は自分の夢を諦めようとしてるんだ。俺、本当はこれを引退式なんかにしたくない。今ここで俺が中途半端《ちゅうとはんぱ》に止めてしまったら、夏樹は本当に……夢を諦めることになるんだ！」

夏樹は進路を諦めた。野球の道を諦めた。甲子園に行くという夢も――だから悔しい。

こんなところで、肘が痛いからと諦めるのは悔しい。

せめて、先輩の俺が諦めない姿勢を通さなければならない。

そうしないと夏樹に伝えられないものがある――

「だから、まだ終わってない」

「でも……！」

「まだ終わってない！」

独りよがりでも、意地を張らないといけない場面があるのなら、たぶんここだと思うから。

「真嶋さん、大丈夫ですか⁉」

夏樹もこちらにやってきた。

「大丈夫だ、これくらい……」

「どうして、こんなになってまで、ボクのために……」

「俺もお前と同じ理由、家族を支えたいからってバスケを辞めたから、わかるんだ……。たぶん、やりきれないまま終わったら、ずっと引きずると思うから……俺みたいになってほしくない。夏樹には、まだこれからがあるから……」

「そ……それでもボクはっ……！」

夏樹は苛立《いらだ》った。たぶん、俺がお節介を焼きすぎたからだろう。

「わかってる。だから、こうして俺も無茶をする。そしてお前に勝つ、絶対。——で、高校で野球を続けてもらう。それが嫌なら、このあとも手加減するなよ？」

夏樹は奥歯を噛み、コクリと頷くと、そのままマウンドに帰っていった。

すると、晶がこちらに駆け寄ってきた。

「兄貴、バット貸して」

「なんで？」

「ここからは僕と交代！」

晶は驚く俺の手からバットを取った。

「これは作戦だよ。肘、辛《つら》いんでしょ？　だから兄貴はここから五イニング目に備えて休んでて」

「でも、これは俺がやらないと……」

「それ、兄貴が普段言ってることと矛盾しちゃってる」

「え……？」

「家族なんだから頼れ、甘えてもいい――兄貴の考えは、いつだってそうでしょ？　こういうときこそ僕に頼ってよ！」

「晶……」

「僕だって親父《おやじ》から教わって兄貴と一緒に練習したもん。だから頑張れる！」

――そっか、そうだよな……。

「じゃあ、晶……頼めるか？」

「もちろん！　こないだのエアホッケーのお返しじゃないけど、今度こそ僕ら兄妹《きょうだい》の絆《きずな》を見せつけてやろうぜ！」

そう言って、晶と俺は拳を合わせた。

＊＊＊

「先に言っておきますけど、今のボクは本気ですから」

晶がバッターボックスに入ると、夏樹はそう言ってマウンドの土を足でならしながら、真剣な眼差《まなざ》しを晶に向けた。

「姫野《ひめの》さんが相手でも、ボクはいっさい手加減するつもりはないです」

「上等！　僕だって手加減してあげないよ！」

晶はそう言うとバットをレフトスタンドのほうに向かって高らかに掲げる。

——ホームラン宣言⁉　いやいや、挑発のつもりか⁉

ベンチで見ていた俺は唖然《あぜん》とした。

「……いいでしょう。では、いきます！」

夏樹の空気が変わった。

さっきよりもずっしりと重たい空気に、見ているこっちも緊張してくる。

夏樹が構え、そして第一球──ストライク。

そして第二球──ストライク。

「……って、晶、どうしてバットを振らない⁉」

晶はただキャッチャーミットにボールが入る瞬間を見ていた。

これはダメだなと思った第三球──


コン……ゴロゴロゴロ……


「セ、セーフティーバント……⁉」

なんと晶は急に構えを変えてバントした。ボールはうまいこと三塁方向に転がる。

晶はトテトテと走ってファーストに向かうが、若葉が拾い、ファーストに移動していた夏樹に送って──アウト。

「姫野さん、そういうのは通用しませんよ？」

「うん。今のはちょっとやってみただけ」

すると夏樹は少し苛立った様子を見せた。

しかし、これでこの回はスリーアウトで終了。

晶がトテトテとベンチに戻ってきた。

「やっぱバントじゃダメか～……」

「いや、フツーにダメだろ。なんでバントなんだよ……。だいいち、なんか卑怯《ひきょう》だ。ホームラン宣言してセーフティーバントとか……」

するとと晶はニヤリと笑った。

「なんてね♪　でもさ、バントができたって大きくない？」

「え？」

「振らなくても、待ち構えてたら、バットに当てられたんだよ？」

「お前、もしかして四イニング目もずっとバントでいく気か？」

「ううん。まあ次から見といてよ」

なにを考えているかわからないが、晶はニコッと笑うと、再びバットを持ってバッターボックスに向かった。

――バットに当てられた……つまり……やっぱわからん。

＊　＊　＊

「ふう～～～……よし！」

僕は大きく深呼吸してバッターボックスに入った。

たぶん夏樹くんはさっきの挑発で怒ってる。

一打席目――全然ダメ。

ストレート、ストレート、ストレート――あっという間に三振。

タイミングはわかってるし、ボールは見えているのに、バットが届かない。

振り遅れているというか、どっちかというとバットに振られている感じで、腕がグイッと引っ張られてる。うまくスイングできていない証拠。

こういうときどうすればいいか親父に聞いておいて良かった――

『――バットが重い？　だったら――』

――親父、試してみるね！

――キィ――ン！

やった……バットにボールが触れた！

ボールは後ろのフェンスにぶつかってファールだったけど、夏樹くん、驚いた顔をしてる！

僕は親父に教わった通り、バットを短めに持っていた。こうすると、手からバットの先端までの長さが短くなるから、スイングがコンパクトになる。

そして、バットでボールをミートしやすくなる――

「これならいけるかも！」

僕がそう言うと、

「その持ち方だとホームランは無理」

月森先輩がそう言った。

「ミートはしやすくなるけどパワーは出にくくなる」

「ご忠告ありがとうございます、月森先輩。でも僕はこれでいきます――」

次の一球も――ファール。

ボールはゴロゴロと転がってフェアグラウンドから大きく外に逸《そ》れた。

でも、手応えはある！

「ところで晶ちゃん、真嶋くんのこと、どう思ってるの？」

「え？」

気を取られているうちに、夏樹くんの投げたストレートがミットに入り、ストライク、アウト……。

「って、今のなんの質問ですか？」

「訊《き》いてみたかっただけ。──好きなの、真嶋くんのこと？」

「えぇっ⁉」

──パァ────ン！

また気を取られているうちにストライク。

「卑怯です、月森先輩！」

「どうして？　私は兄妹として好きかどうか訊いただけ」

「ううっ、だってぇ……──そんなのっ！」

高めのストレートに手を出して、かすった。ファール。

「真嶋くん、優しくて頼りになって、一緒にいたら異性として好きになるかも」

「そんなのぉ……──知ってますっ！」

かすって、またファール。

「僕が一番近くで見てますから！」

「そう……」

「月森先輩こそ……──どうなんですかっ⁉」

──ファール。

「すっかり兄貴に心を奪われてたり？」

「いけないの？」

「いけない……──とは言ってませんっ！」

──またファール。

「兄貴は素敵です。だから、誰かがいつ好きになってもおかしくないです」

「そうね……そうかも」

「でも、兄貴を想う気持ちは……誰にも負けませんっ！」

──また、ファール……。

「くぅ～……」


手首がだんだん痛くなってきて、僕は手首を振った。

バットを短く持っているせいで手首への負担も大きいのかも。

でも、兄貴ほどじゃない。

兄貴は肘を痛めながらも頑張った。だから――

「――今度は僕が頑張る番っ！」

キィ――ン！

僕も意地を張りたい……ううん、張る！　兄貴のために！


『シンプルに言えば、俺は君と仲の良い家族になりたいってこと』

メンデルの法則には心が通っていない――

「『お邪魔します』じゃなくて、次から『ただいま』でいいから。――邪魔じゃないから』

だから――

『俺は晶の兄貴だっ！』

今度は――

『でも、晶の幸せは、俺だけじゃ……俺の家族だけじゃダメなんです。誰にも代わりは務まらないんです……』

僕が――

『俺は晶の兄貴でいたいんだと思う』

兄貴の――

『だから晶、俺も変わるよ。晶のために』

兄貴のために――

『とにかく、不甲斐《ふがい》ない兄貴だと思うけど、晶が来てくれて、俺は今、最高に幸せなんだ。みんなに自慢したいくらい最高だから――』

ここは僕が意地を張らなきゃダメなんだ！

血の繋《つな》がりはないけど、心の繋がりだったら僕らのほうが上だから！

だから、だから……僕らの絆《きずな》の強さを、今度こそ見せつけてやるんだ！

＊＊＊

晶が粘る様子を俺はベンチから眺めていた。

これで六球連続ファール。

この間なにかぶつぶつと言っているようだが、ここからでは聞こえない。

――口でタイミングをはかってるのかな？

生粋のゲーマーである晶は動体視力もリズム感も俺より優れている。だから、あとはタイミング次第ということか。

しかし、当てているだけ。

さっきから晶はバットにボールを当てているだけで、夏樹に押し負けている。

バットを短く持つとミートはしやすくなるがパワーが出にくい。

もともと力の弱い晶だとそれが顕著で、ひたすらボールがバットに当たっては後方のフェンスのほうに流れていった。

夏樹は八投目、九投目と全力で投げる。

晶はファールを繰り返して粘りを見せているが――

「くぅ～……」

晶はまた痛そうに手首を振った。

バットを短く持っているせいで手首への負担も大きいのだろう。

「ずいぶん粘りますね？」

「僕だって負けたくないからね！」

真剣に睨《にら》み合う夏樹と晶。

夏樹の十投目、十一投目は──ボール。

──え？　まさか……夏樹のコントロールが乱れてきた!?

よく見ると、夏樹の表情が硬い。真剣というよりも若干の焦《あせ》りのようなものが見える。

晶はニヤリと笑った。

その瞬間、晶の狙いがわかった。

──あいつ、夏樹を疲れさせるためにわざと……!?

最初のバントで挑発し、徹底的に夏樹に本気の球を投げさせる。

ここまで連投してきた夏樹を休ませないようにし、球数を重ねさせ、五イニング目に回すつもりなのだ。

つまり──

晶は最初からヒットを打つつもりはなかった。

五イニング目に、俺に勝負させるつもりだったのだ。

十二投目はファール。そして十三投目——ボール。

これでスリーボール、ツーストライクのフルカウント——夏樹の表情がさらに硬くなった。これは、完全に晶の作戦勝ちだ。

「夏樹、ここ！」

月森は急に叫ぶと、ど真ん中にキャッチャーミットを構えた。

勝負しろ、ということらしい。

「姉さん……」

「勝負して！　弱気になっちゃダメ！」

夏樹は一つ頷《うなず》くと構えた。

そして十四投目——

「くうっ……!?」

晶はバットを振ったが届かず、そのままストライク。

四イニング目が終わり、晶がベンチに帰ってきた。

「ふぃ～……やっぱりキツいぃ～～……」

「いや、すごかった、よくあそこまで粘ったな」

「本当はもうちょっと粘って夏樹くんを疲れさせたかったけど……」

「じゃあやっぱり、最終回に俺に打たせるために？」

「うん、兄貴に繋げるため。僕は力が弱いから打てないけど、兄貴ならきっと打てるよ。僕ら兄妹《きょうだい》のほうが仲が良いんだぞって、証明して、兄貴……」

「晶……」

「えへへへ……僕、ちょっとは兄貴の役に立てたかな？」

「もちろん。お前の頑張り、絶対に無駄にはしないからな！」

「じゃあ、次の最終回――勝ちにいこうぜ、兄貴！」

「おう！」

肘は大丈夫とまでは言えないが、冷やしたからなんとか。

これでもまだ互角とまではいかないだろうが、晶のおかげでチャンスが見えてきた。

――晶のためにも次こそは打つ！

俺は晶に背中を押され、最終回のバッターボックスに向かった。

2 FEBRUARY

2月6日（日）

今日は夏樹くんの引退式があった！

兄貴と夏樹くんが一対一で勝負する日。

夏樹くんの投げる球は、ほんと速すぎてヤバいという感想しかなかった！

兄貴は親父から野球を教わっていたけど、あんなのは打てないんじゃないかなって正直思ったくらい、本当にヤバい！

でもでも、兄貴は夜遅くまで素振りしたり、バッティングセンター行ったりしているところを見てたし、ずっと頑張っていたから、なんとかしてくれるかもって思った！

そして引退式が始まったんだけど、だいぶ兄貴は苦戦していた。

ベンチで応援しながらなんとかしたいと思ったから、ずっと夏樹くんが投げてからミットに入るまでのタイミングをはかってた。

もしかすると、兄貴と交代するタイミングがくるんじゃないかって。

兄貴、だいぶ無理してたから、手の皮がボロボロだったし。

そしたら、それどころじゃなくなった！

兄貴の肘、私も気付かなかったけど、かなりひどくて赤くなってた！

さすがにもう見てらんない。だから、途中で交代して、兄貴の代わりに出た。

でも、私には打てない。だから、なるべく夏樹くんとの勝負を引き伸ばして、兄貴が休む時間を作って、夏樹くんを疲れさせる作戦をやってみた。

兄貴と一緒に親父から教わっておいて良かった。

最終回に向けて、兄貴のためにちょっとでも役に立てた、私……嬉しい。

兄貴は一人で勝負していた感じだったけど、これで私たち二人。

真嶋家VS月森家の結果は……

第12話「じつは……男の意地を見せるのはここだと思いまして……」

バイト帰り、グラウンドにやってきた光惺《こうせい》は、涼太《りょうた》が苦しそうにバットを振る様子を遠目に眺めていた。

場所はひなたから聞いてきた。

ひなたは晶《あきら》からなにをするのか聞いていたらしい。

気になって来てみて、苦しそうに歯を食いしばっている涼太をじっと見つめていた。

——ありゃ無理だな。

素人目《しろうとめ》に見ても、素人と経験者の勝負。

加えて、涼太は右肘に怪我《けが》を負っているらしいこともわかった。

今、何イニング目かはわからないが、完全に振り遅れて空振りしている涼太を見ているうちに、呆《あき》れと諦めがいっぺんにやってきた。

ただ、涼太の友人としては、それでもなにかを期待していた。

あいつならなにかしてくれるのではないか——と、そんなことを期待しつつ眺めていると、突然ガラの悪そうな男に声をかけられた。

「──よお、そこの」

「なんすか？」

「お前、上田《うえだ》光惺だろ？」

「え？　なんで俺のことを？」

「子役時代から知ってるよ。お前、妹と一緒に亜美《あみ》んとこにスカウトされてんだろ？」

「もしかしてフジプロAの関係者……？」

ガラの悪そうな男はグラウンドのほうを見た。

「ま、関係者っつーか──ほれ、あそこにいる姫野《ひめの》晶の親父《おやじ》だよ。姫野建《たける》だ」

光惺もその名前くらいは知っていた。

子役時代、とある舞台で主役を張っていた人だ。

覚えている。たしか、『燿星《ようせい》』と呼ばれていた、みんなが一目置いている役者だった。

「しっかしあの坊主《ぼうず》も頑張るな。今五イニング目だ。あんなへろへろでよ」

「ま、あいつアホなんで……」

「たしかにな。──でもよ、そんなアホにお前はなにを期待してんだ？」

「俺は、べつになにも……」

「そっか。なら俺と賭けをしねぇか？　あの坊主があっちの子の球を打つかどうか」

「賭け？」

建はニヤリと笑った。

「俺が負けたらお前がほしいものをなんでもやる。で、もし俺が勝ったら――お前、役者に戻れ」

「は？」

「子役時代のお前を知ってる。天才子役だってもてはやされていた時代をな。だから、もっぺん舞台に立って活躍してる上田光惺を見てみてぇなと思ってな」

「姫野さん、なんで俺にそこまで……」

「お前が根っからの役者だからだ。目を見りゃわかる。お前、燻《くすぶ》ってんだろ？」

光惺は拳を握った。

「……無理っすよ。俺は、もう役者は……」

「妹は先に進んだのにか？　フジプロAのオーディション、今度受けるんだろ？」

その通りだった。

ひなたは自分で役者を目指すと決めた。もう兄に頼らずに独り立ちすると決めたのだ。

だからもう、ひなたと離れても大丈夫。

兄として、光惺はひなたの前から消えると決めていた。

そのために高校に入ってバイトをして、金を貯《た》め、家を出る準備をしてきた。

そこには、妹の負担にこれ以上なりたくないという兄としての矜持《きょうじ》があった。

「俺と妹はなんも関係ないっすから」

「そうだ。もうお前と妹は関係ねぇ。お前はお前で自分の道を行かなきゃならねぇ。お前、本当にやりたいことはなんだ？　役者じゃねぇのか？」

「…………」

また建はニヤリと笑った。

「なんてな。よし、そうこうしてるあいだに勝負が終わっちまう。賭けようぜ？」

「……いいっすよ。じゃあ、俺は涼太が打たないほうに賭けます」

「いいだろう。じゃあ俺はあの坊主が打つほうに賭ける」

「あんた、どうして涼太のことを？」

「晶の兄貴だからだ」

建はふっと笑った。

「しっかし、ほんとなんでだろうなぁ。俺はあの坊主にいつも期待しちまう。——で、お前はどうなんだよ？　やっぱなにか期待してんじゃねぇのか？」

「……勝負、始まりますよ？」

光惺と建が見つめる先、涼太がバットを持ってバッターボックスに立っていた。

――くしくも、このときが最終回、五イニング目の第三打席だった。

＊　＊　＊

この回が最後か――そう思うと、なんだかひどく緊張してきた。

まるで中学時代の最後のフリースローの直前。

あの、なんとしても決めなければいけない場面のようだった。

そんなひりついたプレッシャーが全身にのしかかってきているような感覚があった。

「兄貴っ……――」

ベンチを見ると、晶はへろへろになりながらも必死になにか叫んでいるが、声がすっかりかすれていてこちらまで届かない。

最後に笑顔で拳を突き出してきたので、言わんとしていることはなんとなくわかった。

俺も晶に向けて「任せろ」と拳を向けた。

肘の痛みは忘れることにして——ここは兄として最後の意地を張る場面。

なんとしても、ここまで繋《つな》いでくれた晶の期待に応えたい。

——いや、応える！

「真嶋《まじま》くん、本当に大丈夫？」

月森《つきもり》にも心配されたが、俺はコクンと頷《うなず》いた。

「たぶん、今ここしかないんだ。頼むからなにがあっても止めないでくれ」

「……わかった」

そして最終回が始まる。

夏樹《なつき》の一投目は——

「くうっ……!?」

フルスイングをするが、肘がズキンとして完全に振り遅れる。

続く二投目もフルスイング。

肘の痛みがどんどんキツくなっていった。

月森はもうなにも言わずにボールを受け止めていた。なにを言ってもきかないと諦めたのかもしれない。

そうしてツーアウト、ツーストライクになった。この場面で——

――カキィ――――――ン！

ボールが打ち上がった。

レフト方向からさらに左に逸《そ》れてファール。

しかしいい当たりなのかもしれない。

夏樹もこれまでの連投でだいぶ疲れている様子で、最初の勢いに比べると、少しボールの速度が緩く感じる。

次はストレート。

バットにかすったボールが後ろのフェンスにぶつかりファール。

その次も、三塁方向に流れたが、けっきょくファール。

俺は歯を食いしばった。

夏樹のためにも、月森のためにも――そして、へろへろになりながらも俺のためにここまで繋いでくれた晶のためにも……次こそ絶対に打つ！

「夏樹、全力でこい！」

「はい、全力でいきます！」

夏樹は大きく振りかぶった。
そして――

――カキィ――――――――ン！


全力で振った、素人のアッパースイング。

振り遅れたが、手応えがあった。

肘の痛みと一緒に、手がビリリと痺《しび》れる。

ボールは空へと舞い上がり、ライト方向へと飛んでいき、

「兄貴、走ってぇ――――――っ！」


突然晶が叫ぶ声が聞こえ、俺ははっとなって走り出す。

フェンスより手前で落ちたが――まだランニングホームランが残ってる！

「若葉《わかば》ぁ――――――っ！」

「まっかせてぇ――――――っ！」

セカンドを守っていた若葉がボールを追いかけていた。
その間、俺はファーストを蹴ってセカンドへ。
セカンド付近で夏樹が待ち構えているが、若葉はまだボールを追いかけている。
俺はそのままセカンドベースを蹴ってサードへと回る。
そこでようやく若葉が追いつく。
夏樹が中継しようと手を振る。
「なっちゃ――――ん！」
と、若葉が夏樹にボールを投げたとき、俺はサードベースを蹴っていた。
勢い余って外に膨らみながらも、そこから真《ま》っ直《す》ぐにホームを目指す。
「姉さんっ！」
夏樹が投げたボールが月森のところに飛んでいく。

――間に合ええ――――っ！

俺は最後の力をふりしぼった。
スライディングもヘッドスライディングもできない。

だから、ただひたすらに走り、ベースを踏むしかない。
ホームベースまでもう少し、あと一歩……——

「真嶋くん、ごめん——」

——パン！

「——あ……」
ホームベースを踏んだ。
でも、その前に肩をはたかれた。
月森がタッチしたのだと気づいたとき、俺の足は緩やかに止まっていった。
タッチアウトだった。

「ハァ、ハァ、ハァ……ハァ〜〜〜〜〜〜……………——」

息を整えながら、最後は深々とため息をついた。

――ダメだったか……。

最初からわかっていたことだが、やはり及ばなかった。

ただ、不思議と悔しくはない。それどころか、自然と笑みが零《こぼ》れてしまったのは、最後の最後に月森が手を抜かなかったから。

元キャッチャーとしての習性か、はたまた姉として妹と弟から繋いだ大事なボールを無駄にしたくなかったからか。

いずれにせよ、そこにきょうだいの繋がりが見えたのは嬉《うれ》しかった。

「兄貴ぃ――――っ！」

晶が俺のところに駆け寄ってきた。

「兄貴、すごいよっ！　頑張ったね！　兄貴、すごい！」

「いや、タッチアウトで……」

「でもでも、すごい！　打ったし、走ったし！」

「それは、だから、晶が四イニング目を頑張ってくれたからで……」

泣きついてくる晶を前に、俺がひたすら狼狽《うろた》えていると、そこに月森三きょうだいがぞろぞろと集まってきた。

「ごめん、タッチしちゃった……」

月森が申し訳なさそうに俯《うつむ》いた。

「いいって。それでよかったんだ」

俺が笑顔を向けると、月森は泣くのを堪《こら》えて笑おうとしていた。

月森がなにも言えなくなっていると、若葉が俺の前に立った。

「真嶋さん、最後惜しかったね。オレがミスってたらランニングホームランだったのに」

「手加減してくれても良かったんだぞ?」

「ふふ～ん、手加減なしで全力でやるのがオレの主義♪」

そう言ってニカッと笑ってみせる。

そして最後に――

「真嶋さん」

「夏樹……」

夏樹がペコリと頭を下げた。

「本当にいい試合ができました。ありがとうございました!」

「すまんな、実力不足で……」

「いえ……真嶋さんは肘がボロボロになるまで頑張ってくれてたんです。感謝しかありません」

「まあ、全然ダメダメダメだったけどな？」

「いいえ、ダメダメなんかじゃないです！　真嶋さんの思い、ちゃんと伝わってきました。

それから姫野さんも、本当にありがとうございました」

「ううん、夏樹くん、ほんとすごかったよ……」

とはいえ、俺たちは勝負には負けてしまった。

やれやれと苦笑いを浮かべる。

「夏樹、一つだけ最後に訊《き》かせてくれないか？」

「なんですか？」

「野球を辞める本当の理由──姉さんか？」

夏樹は静かに俯いた。

「ボクは、姉さんがすごい人だと思ってます。ボクら弟妹《きょうだい》の面倒を見ながら、自分と家族のために学校に通いながら働いて……」

「夏樹……」

月森に呼ばれた夏樹は、気まずそうに目を逸らした。

「そういう姉さんみたいに、ボクも高校生になったら家族のためになにかしたいなと。野球は今でも好きです。でも、ボクはもう十分で──」

その瞬間、月森が夏樹を優しく抱きしめた。

「なら、続けなさい」

「でも、ボクは、才能もないし――」

「好きも才能。続ける理由なんてそれで十分」

「でも……ボク、姉さんみたいになりたくて……」

「私は私で好きなことをしているだけ。私、自分勝手なの。夏樹たちと一緒に過ごすのも、今のお仕事も、勉強も、全部好きでやっていることなんだから――」

「自分勝手とかじゃないよ！　姉さんはそう言って、いつも自分を犠牲にしてるじゃないか！」

夏樹が怒鳴った。

「犠牲……？」

その言葉は、俺も晶も口には出してこなかった。

そういう捉え方をしてしまったら、たぶん月森が悲しんでしまうから。

「ボクは、これ以上姉さんを犠牲にしたくない！　姉さんだって、本当はやりたいことがあるんでしょ⁉　それを全部諦めて今の自分に納得しちゃってるんじゃないの……⁉」

月森はふっと優しい笑顔を浮かべた。

「私の本当にやりたいことは、お父さんとお母さんと一緒に夏樹たちを支えること」

「姉さん……」

「ううん、今のはやっぱり間違い。夏樹たちが好きなことを全力で頑張っているから私も頑張れるの。だから、本当は、私のほうが夏樹たちに寄りかかっているの……」

するとと若葉が夏樹の手を握った。

「オレが野球してるの、なっちゃんがすごくかっこいいと思ったからだよ？」

「若葉……」

「なんでなっちゃん続けないの？　なっちゃんが野球辞めるならオレも辞めよっかな～……」

そう言うと若葉も、月森と夏樹を包み込むように腕を伸ばした。

「夏樹の頑張りは、こうして私と若葉がちゃんと見てるから」

「そうだよ。オレ、なっちゃんに野球続けてほしい……」

と、若葉がおいおいと泣き出してしまった。

「なあ、夏樹……」

「真嶋さん……」

「俺が最後に打てたのは、ここにいる晶のおかげだ。晶が支えてくれたから最後の最後に打つことができたんだ。一人じゃ無理だったよ、ほんと……」

俺は晶と顔を見合わせて笑う。

「俺たちはできて半年ぐらいの兄妹《きょうだい》だけど、安心して寄りかかっていいんだって思った。支えても、寄りかかっても……ちゃんとお互いに想い合っていたら、どっちもいいなって最近思うよ」

晶も「そうだね」と言ってにこりと笑う。

夏樹は肩を震わせた。

「お願い、夏樹。あなたが本当にやりたいことはなに？　聞かせて？」

月森が優しく諭すように言うと、夏樹の目からいよいよ涙が溢れ出した。

「ボクは……ボクは、野球を、続けたい……野球したい……甲子園を目指したい……」

月森は「うん」と頷《うなず》いた。

「それでいいの。私が支えるから、結城《ゆうき》学園で甲子園を目指して——」

「ごめ……ありがと……ごめん、姉さん、若葉……ありがとう……ごめん……」

結果オーライってところか。

夏樹はそのあと泣き腫らした目で、はっきりと俺たちにこう宣言した——

「ボク、結城学園の野球部に入って、絶対に甲子園に行きます！」

──と。

ちなみにこの勝負の賭けで俺たち真嶋兄妹は負けてしまったのだが、夏樹から、

「これからもボクらきょうだいと仲良くしてください」

とお願いされてしまった。

俺と晶はまた顔を見合わせて「うん」と大きく頷いた。

＊　＊　＊

「勝負、あったみてぇだな。俺の勝ちだ」

建がそう言うと、光惺は不服そうに金髪を掻《か》いた。

「タッチアウトだったでしょ？」

「いいや、賭けはあの坊主《ぼうず》が打つかどうかだ。打っただろ？」

光惺は「チッ……」と低く舌打ちしたが、すぐに笑顔を浮かべた。

「あのアホ、次はきっちり決めろって言ったのに……」

「決めたじゃねぇか。あのピッチャーの子、あの雰囲気じゃ野球を続けるみたいだぜ？　なら、あれが真嶋なりの逆転ホームランってわけだ」

「逆転ホームランね……」

「つーことで、賭けは俺の勝ちだな」

　そう言うと建はポケットの中から名刺を取り出した。

「うちの事務所の連絡先だ」

「え？　俺にフジプロAのスカウト受けろって話じゃ……しかも、ここ……」

「あん？　うちの事務所がオンボロだって言いてぇのか？」

「べつに」

「……まあ、オンボロだけどよ」

　建がニヤリと笑うと、光惺はやれやれと一つため息をついた。

「でも、お前が来てくれたらありがてぇってな感じで、ちょっと考えといてくれ。役者に戻るんなら、フジプロAでもうちでも構わねぇ」

「姫野さん、なんで俺にそこまで……」

「燻《くすぶ》ってんだろ？　あの坊主と同じで。……いや、真嶋はもう燻っちゃいねぇか」

　建はそう言うとその場から手を振りながら去っていった。

光惺は、建の最後の一言は挑発だと思った。それも、ひどく安い挑発だと。

涼太は前に進んだ、晶も、自分の妹のひなたも、みんな前に進んでいる。

自分はどうかと鑑《かんが》みて、やはり役者への情熱はどこかで燻っている気もする。

「くだらね……」

そう言って受け取った名刺をポケットにしまうと、光惺は家とは反対方向に向かって歩き始めた。

＊　＊　＊

「うわっ……いててて……」

月森たちとグラウンドで別れたあと、俺は晶に付き添われて病院に向かっていた。

「兄貴、ほんと無茶しすぎだよ……」

「あははは、たまには無茶をしないとな？」

「しなくてもいい方法を考えないと！」

「ごもっとも……」

苦笑いで歩いていると、左側の腕を晶に取られた。

そのまま腕を組んで歩くが、晶はなんだか浮かない顔だった。

「ねえ、兄貴……」

「なんだ？」

「どうしていつも意地を張るの？」

「ん～……性格？」

「普段は優柔不断なくせに」

「うっさいなぁ……」

俺は苦笑いを浮かべた。

「そうだ、今なら聞かせてくれる？」

「なにを？」

「兄貴がバスケを続けなかった、ほかの理由……」

「ほかの理由か……」

晶にそう言われ、俺は中学時代の自分を思い浮かべてみる。

話すべきか迷っていたが、晶には知っておいてもらいたいと思った。

＊＊＊

俺がバスケを辞めた理由は、仕事が忙しくなった親父《おやじ》を支えたかったというのが一つ。

そしてもう一つは、中学最後の大会でフリースローを外したとき――


でも、その瞬間――

大きく深呼吸して息を止めて、ボールを額まで持ち上げた。

審判から二本目のボールを受け取って、俺は床に小さくドリブルをついた。

「ワンショット！」


「っ――!?」

バックボードの向こう側、正面のギャラリーが視界に入った。

心臓がドクンと跳ね上がったよ。

そこに、あの女――俺を捨てた母親がいたから。

シュートを打つ瞬間にあの女と目が合った。

いけない、見るな、意識するなって自分に言い聞かせたけど、ひどく動揺してしまって……。

ボールが指から離れたとき、わかったんだ。

このシュートはきっと外れるって……――

＊　＊　＊

「――案の定、最後の一本を外したんだ。結果、チームは負けて俺たちは引退した」

「それがショックで……」

「外した理由が理由だけにな……」

俺は一つため息をついた。

「俺は、あの程度のことで動揺した。けっきょく、その程度の選手だったたって思い知ったよ。この先続けても、もしかしたらあの女の影に苦しめられるかもしれない。フリースローを打つ度にあの女が出てきたら……。そう思ったら、バスケをするのが怖くなった……

それが、俺がバスケを辞めたもう一つの理由」

言いながら、自分でもダサいなと思った。今この話をしている瞬間も息苦しく、鼓動が速くなっている。

俺はまだあの女を憎んでいる。

だったら、負けん気を出せばいいところを、俺は怯《おび》えてしまった。

なにが怖いかと訊《き》かれれば、期待してしまうこと。

憎むべき相手が、まだ俺のことを息子だと思っている。

そして大会に応援に駆けつけた。

そう思うと、まだ俺の中に、母親に対する期待のようなものがあるのだと思ってしまって、それがたまらなく怖くなった。

自分がまだあの女を母親だと認めているようで——

血の繋《つな》がりに期待しているようで——

「やっぱダサいよな、俺……」

「ううん、ダサくないよ。兄貴が動揺しちゃうのも無理ないって……」

「そうだといいんだけど……まだ俺は乗り越えられていないみたいだ。いつかは乗り越えないといけないとは思うんだけどな？」

俺が頼りなく笑うと、晶は俺の腕をギュッと握った。

「兄貴なら大丈夫、きっと乗り越えられるよ！　僕がついてるし！」

「ありがとう、晶。心強いよ、ほんと」

本当に晶がそばにいてくれて良かった。

血の繋がりよりも心の繋がりが大事だといつも気付かせてくれる。

今日の引退式で月森きょうだいには負けてしまったけれど、俺としては、俺たち兄妹《きょうだい》の心の繋がりが再確認できて良かったと思っている。

最後は月森きょうだいに心の繋がりまで見せつけられてしまったが――

「――でもま、夏樹が野球を続けることになって本当に良かったな」

「うん。今日の引退式が再出発になって良かったね」

俺は情けない理由でバスケを辞めてしまった。そこに後悔がないと言えば嘘《うそ》になる。

でも、夏樹はこれからも全力で野球が続けられる。

月森や若葉に支えられて、きっと結城学園《うち》で野球を頑張るだろう。

「正直、血の繋がりだけじゃなくて、心が繋がっているところも見せつけられて、羨ましいし悔しかったけどさ……まあここからが俺たちの本当の戦いかもな？」

「どゆこと？」

「真嶋家もあのきょうだいに負けないくらい良い家族になれたらいいなってこと」

「そっか！　そうだよね！」

今回の件で、大事なのは心の繋がりだと改めてわかった。

血の繋がりは諦めるしかない。

でも、心の繋がりはこれからもっと深めていけばいいのだ。

同じことを感じたみたいで、晶はグッと拳を握ってみせた。

「じゃあ今日から僕、兄貴の身の回りのお世話を頑張るね！」

「そんなことしなくていい――よっと！」

「うわっ⁉　ちょっ、兄貴⁉」

と、俺は晶を無理やり負ぶった。

「兄貴、肘！　右肘の怪我《けが》は……！」

「おんぶするくらい平気だ。それより、お前も今日は疲れただろ？」

「でも……」

「いいから。――なんか、おんぶしたい気分なんだよ」

晶は抵抗を止《や》め、俺の頭に頬を当てた。

「なんだよそれ……バカ、無理しちゃって……」

「無理くらいするさ。晶のためなら。──すまんな、こんなバカ兄貴で」

「……ううん、兄貴のそういうとこ大好き。でも、僕のために無理ばっかしちゃダメだよ？　本当はいつも心配なんだからね……」

俺は苦笑いを浮かべた。

「そういえばさ、こないだのプールで……」

「ん？　プール？」

「すずかちゃんが兄貴の背中から降りたくなかったの、なんかわかる気がする……」

俺は「そっか」と言って、すずかちゃんのことを思い出した。

あのときと、今とでは、やはり感覚が違う。晶を背負っているとなぜか安心する。

あのときの不思議な感覚は──いや、それはもういいか。

それからしばらく無言で歩いていると、晶は俺の背中で眠ってしまった。

2 FEBRUARY

2月6日（日）

兄貴、ほんとよく頑張った〜！　普通に泣く……！

なにから書いたらいいだろ？　わかんなくなる。

夏樹くんは本当にすごいピッチャーだった。

兄貴が打てるかどうかわからなかったけど、それでもずっとバットを振って頑張ってた。

兄貴が最後の一球を打って、必死に走って、最後はけっきょくタッチアウトだったけど、それでも打ったことはすごいと思った。

夏樹くん、最後は月森先輩と若葉に説得されて、結城学園で野球を続けることにしたみたい。ほんと、いろいろ良かった……！

兄貴の頑張りが、気持ちが、きちんと伝わったって思った。

そのあと病院に行きながら、兄貴の中学時代のことを聞いた。

正直、兄貴のお母さんがなにを考えていたのかはわからない。

でも、たぶん、活躍している兄貴をひと目見たかったんだと思う。

兄貴はまだ憎んでるって言ったけど、私は兄貴のお母さんに会ったことがないからわからない。会ったら、なにか変わるのかな？

でも、兄貴にはちゃんと伝えられた。

兄貴は一人じゃないって。私がそばにいるよって。

兄貴が辛い気持ちを抱えているなら、私が一緒に乗り越えてあげるからね！

とりあえず今は、兄貴の右肘が治るまで私がしっかりとお世話しながら、兄貴と心の繋がりを深めたいと思います！

じゃあとりあえずお風呂から……。

……え？　なんで拒否るの、兄貴？

最終話「じつは義妹たちとバレンタイン前日を迎えまして……」

二月十三日日曜日。

この日、俺と晶《あきら》とひなたは月森《つきもり》家に来ていた。明日はバレンタインということもあり、ひなたがみんなに手作りチョコの作り方をレクチャーしてくれている。

「それで、この削ったチョコレートを湯煎して――」

さすが手際《てぎわ》がいい。そして夏樹《なつき》もなかなかの手際の良さを見せる。そういえば前に月森から夏樹はお菓子作りが得意と聞いていたが……ん？　夏樹、誰に渡すつもりだ？

ものすごく気になるところだが、とりあえず夏樹の件――

昨日合格発表があった。

無事に結城《ゆうき》学園合格。そして、見事に学力特待生枠に入れたそうだ。

帰《かえ》り際《ぎわ》、野球部の顧問の先生に声をかけられ、来週から高校生に交ざって一緒に練習に参加していくらしい。

そういうこともあって、夏樹はすっかり明るい表情だった。

「兄貴、ちょっと支えてくれる？」

「いいぞ」

晶がチョコを湯煎しているあいだ、俺はボウルの端を左手で支える。

俺の右肘は全治一ヶ月。もう少しひどかったら手術が必要だったそうだが、なんとか手術を受けなくて済んだ。

痛み止めを飲んで一週間も生活していれば、だいたいこの生活にも慣れてきた。

ただ、完治を早めるために、右手を使う場面は最小限に止《とど》めていた——と、右側から晶の身体《からだ》が徐々に俺の前に移動してきた。

そうして晶の小さな身体が完全に俺の胸の前に割り込んでくる。

すると晶は声を潜めて、

「初めての共同作業だね」

こっそりとそんなことを言った。周りの状況を見て一瞬ドキッとしたが、

「いや、前にバイト一緒にしただろ？　製品の梱包《こんぽう》作業」

と言ってはぐらかす。

「兄貴、ロマンって知ってる？」

「栗《くり》のこと？」

「だからそれマロンだって！」

そんなアホなやりとりをしていたら、いつの間にか若葉《わかば》があちこちに液状になったチョコレートを撒《ま》き散らしていた。

「ほら、若葉――」

月森が若葉の後ろに立って、テーブルを拭いていく。その姿はどこか母性的で、親子のようにも見える。

「うう……オレ、こういうの苦手……」

「でも、健斗《けんと》くんにプレゼントするんでしょ？」

「ちょっ！　名前出すなって～！」

小五ともなればそういう多感な時期なのかなとも思いつつ、真っ赤になって焦《あせ》る若葉を微笑《ほほえ》ましく思った。

「ところで夏樹くんは誰にチョコレートあげるの？」

ひなたがそれとなく聞く。……それは俺も気になっていたのでナイスだ。

「そ、それは、えっと……」

夏樹が真っ赤になってこちらをチラチラと見る。……え!?

「ひ、秘密です……」

「あ、でもあげる相手はいるんだね？」

ひなたはにっこりと微笑むと、夏樹は照れ臭そうにコクンと頷《うなず》いた。

——いやいや、意識してしまうじゃないか……。

俺も気恥ずかしくなって顔を真っ赤にしていると、膨《ふく》れっ面《つら》の晶がジーッと俺の顔を見ていた。

「な、なんだよ……？」

「見境なし……」

「なんのことだよ！」

「フン！　——てい！」

頬にベロッとチョコレートをつけられた。

「なにすんだ⁉」

「兄貴なんてチョコになっちゃえ～～～！」

どこの魔人だ……？　まあいい。

「ひなたちゃん、完全に溶けたみたいだけど、次はどうしたらいい？」

「じゃあ次は——」

と、ひなたの指示に従って、俺たちはしばらく和気藹々《わきあいあい》とチョコレート作りを続けた。

そうして、綺麗《きれい》にラッピングが終わり、みんな満足そうな表情を浮かべていた。

少し気になったのは、月森だった。

周りに合わせて微笑んではいるが、どこか浮かない顔をしている。

気になったので、みんながゲーム大会を始めたあと、俺は静かに月森に声をかけた。

「月森さん、どうしたの？」

「え……なにが？」

「なんか、浮かない顔をしていたから気になってさ」

月森は少し気まずい表情を浮かべながら、場所を変えるように、俺を二階に招いた。

＊　＊　＊

案内されたのは月森と若葉の部屋だった。

ベッドが二つ、勉強机も二つある。

晶の部屋に入るのとは違って、なんだか少し緊張した。

「そこ、座って」

月森に言われて若葉の勉強机の椅子に座る。少し高さが足りないが、それでも目線は月森と一緒だった。ふと、月森の机の上にあった、あるものが目に入った。

「そのポップグリップ……」

俺がクリスマスプレゼントで渡したものだ。小さな台座のようなものの上に置かれ、電気スタンドの下に置いてある。

「使ってないなと思ってたんだけど、飾ってくれてたんだ？」

「うん……。使えない」

「あ、そっか、スマホに合わないとか――」

「そうじゃなくて、大事すぎて使えない」

思わず心臓が高鳴ってしまった。

大事すぎる――その意味を考えるよりも先に、月森の真っ赤な顔が目に飛び込んできたからだ。

月森は心臓の音を確かめるように、自分の胸に右手を置くと、その上からゆっくりと左手を置いた。

「夏樹の件、本当にありがとう」

「え？ ああ、うん……。月森さんが協力してくれたから……」

「たぶん私一人だとなにもできなかった。あの子の、あんな笑顔は久しぶり」

「そっか……。まあ、お役に立てて良かった……」

いきなり夏樹の話題になって、俺は少し戸惑いつつも、こそばゆい気持ちになった。

「どうして私に優しくしてくれるの？」

「えっ⁉　ど、どうしてって言われても……」

また話題がころっと変わったので、俺はだいぶ戸惑ったが――

「まあ、知り合いで困っている人がいたら、放っておけないだけっていうか……だからほんと、月森さんに対して下心とかないから、ほんと！」

「そう……」

月森は真顔だった。

俺は言わなくていいことまで言ってしまったみたいで、正直失敗したなと思った。

「じゃあ、晶ちゃんに優しくするのと、私や他の誰かに優しくするのは、べつ？」

「べつかと言われれば……――」

考えてもみなかったが、よくよく考えてみる。

「たぶん、べつだと思う。晶に向ける優しさと、他の人に向ける優しさは違うって自分でも思う。まあ、うちの部長とかは『規格外のシスコン』とかって馬鹿にするけど……」

苦笑いを浮かべてみたが、月森は真顔のままだった。

「それ、たぶん真嶋《まじま》くんが意味を履き違えている」

「え？」

「規格外……通常とは違うってこと。真嶋くんと晶ちゃんは義理の兄妹《きょうだい》だから」

「深読みしすぎなんじゃないかな、それ。たぶんあいつらは『過度な』って意味で使ってると思うけど……」

「ううん、たぶんみんな気付いてる。真嶋くんが晶ちゃんに対して向けているのは、兄妹として大切にしたいって気持ち以上になにかあるってことに……」

だんだん心臓の鼓動が速くなっていくのを感じた。

月森は、俺たち兄妹のなにを知っているのだろう。

いや、月森だけじゃなく、周りがもしそうだとしたら――

「ゆいねえ～～～！　真嶋さ～～～ん！」

若葉の声がして、俺ははっとなった。

「よ、呼ばれてるし、そろそろ行こっか？」

俺は先に立ち上がり、扉のほうに向かう。そしてドアノブに手をかけたとき――

「私は、真嶋くんのこと、好き――」

後ろ向きでも、聞き間違えはしない。

彼女の声は、綺麗で、とても澄んでいて、よく通るから。

俺はゆっくりと振り返る。

「月森さん……？」

「真嶋くんの、そういう優しい性格、誰かのために頑張るところ、晶ちゃんを大切に思っているところ、好き。とても良いと思う」

と、月森はにっこりと笑ってみせた。

――はぁあああ～～……そっちの好きかぁあああ～～～……

安堵《あんど》でため息が出そうになる。

告白されたのかと思って驚いたが、そうではなくてなんだかほっとしてしまった。

「ありがとう、月森さん」

「あの、その呼び方なんだけど……」

「え？」

「夏樹と若葉は下の呼び方だから、私も、その、そろそろ下の名前で……」

「結菜《ゆいな》さんと呼べとっ⁉」

「さんは、要らない……。あと、私もこれからは、涼太《りょうた》くんって呼びたい」

「あ、えっと……！」

「私、涼太くんと、お友達になりたいの……」

――……うん？

「まだ友達じゃなかったの……？」

「え……？　友達だったの……？」

お互いに真っ赤になりながら、微妙な空気が流れた。

ところで、友達の作り方ってどうするんだっけ……？

＊＊＊

月森家から帰る途中でひなたと別れ、俺は晶と二人きりになった。

「──というわけで、友達ゲットだぜーって感じで」

晶は月森と俺がいなくなっていたことに最初から気付いていたらしい。なにを話したのか訊《き》かれたので、月森の部屋であったことをそれとなく話しておいた。

「というか兄貴、友達認知されてなかったんだね？」

「まあな。ところで晶は異性の友達ってどう思う？」

「う～ん……男女の友情は成立しないって聞くけど～……」

「そんなもんかな？」

「たとえば、兄貴にとってひなたちゃんは？」

「考えたことなかったけど、やっぱ先輩後輩の仲かな？　友情というか、そういう親しい関係ではあると思うけど」

あまり意識したことがなかったので、改めて考えると難しい問題だ。

まあ、単純なことを複雑にしているだけなのかもしれないが、友人かと訊かれれば、友人の妹だと紹介するし、晶とひなたがセットになると義妹《いもうと》がもう一人増えた感じになる。

「人間関係をカテゴライズするのは、ちょっと俺には難しいな」

「じゃあ僕と兄貴は～？」

「兄妹」

「早っ⁉　もうちょっと悩んでから答え出してよ！」

「だってそうだろ？」

　すると晶は俺の腕をとった。

「僕的には、兄妹兼恋人でもいいんだけど……？　両立難しいだろ、それ？」

「お前は物事を複雑にする天才か？」

「じゃあ、どっちかって言えば……？」

「兄妹」

「だから悩んでよ！　なんで即答しちゃうのさっ！」

　プリプリと怒る晶を尻目に、俺は月森の部屋で話したことを思い出していた。

「まあ、でも……。月森にもお前に対する俺の気持ちを訊かれたな～……」

「へ？　どんなふうに？」

「他の誰かに向ける優しさと、晶に向ける優しさは違うんじゃないかって」

「それ、兄貴はどう答えたの？」

「その通りだって。俺は、どうやらお前にだけ特別に優しいみたいだ」

　晶の顔からボンと湯気が出るように、急激に真っ赤になった。

「じゃあじゃあそれって、兄貴のその気持ちって⁉」

「うん、兄妹だから」

「だから悩めよぉ――――っ！　もっと葛藤する場面だろ、そこぉ――――っ！」

なぜか怒られてしまったが……まあいい。

とりあえず、俺の気持ち云々《うんぬん》は横においといて、晶に対しての優しさは、兄妹だからだとか、異性だからだとか、そういう括《くく》りを取っ払っても本物でありたいと思った。

ただ、これだけ自分を好いてくれている晶に対し、好意を厚意で返しているのは確か。

気持ちをシフトする作業は難しい。

時折、操作を誤りそうになる。

素直に好意を好意で返せたら――いや、それこそ見境がなくなってしまうだろう。

だから一つ、晶が不安がらないように、これだけは晶に約束しておこうか――

「晶」

「なんだよ～！　僕、まだむむむなんだからね!?」

「俺はお前だけを見ている」

「……へ？　へぇええええ～～～～～～!?」

晶はまた湯気顔（？）になった。

「変な声出すなよ？」

「だって、それってそれって……!?」

「ああ、いや……そういう意味じゃなくて、きちんと支えますってこと」

「どゆこと？」

「サブマネージャーの件。——これからお前は芸能界に行くんだ。だからサブマネとしてお前のことをしっかり見ていこうと思ってな」

来月から俺たちは厳しい世界に入っていく。

だから、もう他のなにかに目を向けている暇はない。

これからは晶にだけ集中したいと思った。

「うぅ～、それは嬉《うれ》しいけど、求めてるところとちょっと違うというかぁ～～……」

「でもま、そういうのが全部落ち着いたら……」

「え？　え？　落ち着いたら、なに……？」

「……やっぱ、なんでもない」

「そこははっきり言ってほしい場面んん———っ！」

と、晶はまたプリプリと怒りだしたが、家に着くころにはすっかり機嫌が直っていた。

「ところで兄貴……」

「なんだ？」

「ポケットになにを入れているか教えてくれる？」

──ギクッ⁉

「べ、べつに……スマホとか……家の鍵とか……」

「帰《かえ》り際《ぎわ》、夏樹くんからチョコ受け取ってたよね？」

「あ、えっと、それはだな……」

機嫌が直っていたわけではなく、笑顔で怒っていたわけだ。

なるほど、このあと頑張って機嫌をとるしかなさそうだ……。

ちなみにチョコは夏樹のだけじゃなく、若葉と、それから月森……結菜からももらった。

しかし……明日から月森のことを結菜って呼ぶのは、なんだか、気を使うな……。

＊＊＊

翌日、二月十四日──バレンタイン。

「真嶋先輩、ド本命です♪」

「ありがとう西山《にしやま》。この義理チョコ嬉しいなぁ〜」

「って、おーいおいおいおーい。私のトキメキが行方不明になってますぞ――?」

演劇部の部室で、部員たちから日頃のご愛顧を込めたプレゼントをもらっていた。

「真嶋先輩、どうぞ」

「ありがとう伊藤《いとう》さん」

「私からもどうぞ!」

「ありがとう、ひなたちゃん」

高村《たかむら》たち三人組からもそれぞれから手渡されて、俺の両腕はあっという間にプレゼントでいっぱいになった。

「真嶋先輩、いっぱいもらっちゃったらお返しが大変ですね~?」

「西山、なんだその嫌味ったらしい言い方は……」

「昔から三倍返しと相場は決まってるんで、ホワイトデー、楽しみにしてますね?」

「なんて可愛《かわい》くないやつなんだ、お前ってやつは……」

「フン! ぜったい可愛くなってやるんだから!」

というやりとりのあと、ひなたは「あれ?」と晶のほうを向いた。

「晶は涼太先輩に渡さないの?」

「僕はおうちに特別なの用意してあるから」

「あ、そっか！　じゃあ渡すの楽しみだね？」

「うん！」

そんな晶とひなたのやりとりをそれとなく聞きながら、「特別な」という言葉に少しだけ期待をしてしまっている自分がいた――

＊＊＊

――のだが、その日の晩のこと……。

「どうも、メイドです」

「知ってます、メイドですね……」

晶は風呂《ふろ》に行って身支度を整え、いつもの部屋着に着替えると思いきや、思いっきりメイドさんになっていた……なんで？

ソファーに座っていた俺は、思わず持っていたスマホをポロッと落としてしまった。

「それ、また着たのか……？」

「うん。花音祭《かのんさい》のときのやつです。お久しぶりです」

「気に入ってるのか？」

「気に入ってもらおうと」

「誰に？」

「兄貴に」

――うぅうう～～～～ん……。

俺が頭痛に悩まされていると、晶は俺の隣に「失礼します」と言って座り始めた。

「なにしてる？」

「ふふっ――」

晶はポケットから長めのリボンを取り出すと、なぜか自分の身体《からだ》をグルグル巻きにした。

「だから、なにしてる？」

「今日はバレンタインで特別な日！　だから僕をどうぞ召し上がれという意味で、今晩は、と、こ、と、ん、付き合ってもらうからね～？」

「そんな義妹に育てた覚えはない！」

「そんな義妹に育てたのは兄貴ですからぁ――――っ！」

――こいつ、開き直りやがった！

「オイ！　今日は親父《おやじ》と美由貴《みゆき》さんが早く帰ってくるってお前が風呂入ってるあいだに連絡が――」

「はい嘘《うそ》〜！　ほれほれ〜、早く受け取っちゃいなよ〜？」

「待て待て待て――い！　このスマホが目に入らぬかぁ……あれ？　俺のスマホどこいった!?」

慌てていると、ソファーの上で晶が覆いかぶさってくる。

「さあ、兄貴」

「さあじゃない、さあじゃ――っ！」

と、そのタイミングで――

「あ、俺のスマホあった！　……あれ？　ひなたちゃんから？」

スマホのディスプレイにひなたからの着信通知があった。

「晶、すまん。ちょっと出る」

「じゃあ電話が終わったら続きしよ？」

「それはしないが――もしもし、ひなたちゃん？」

『涼太先輩！』

焦《あせ》っているのか、泣いているのか、そういう声が電話口で響いた。

「ど、どうした!?」

『お兄ちゃんの部屋に、手紙が……』

「手紙？　手紙には、なんて……？」

『家を、出ていくそうです……』

「は……？」

――なにがあったのかはわからない。

でも、光惺《こうせい》は上田《うえだ》家を出ていってしまったらしい。

電話口で泣きじゃくるひなたになんと声をかけていいかわからず、俺と晶は急いで上田家に向かうことにした。

2 FEBRUARY

2月14日（月）

今日はバレンタイン！

なんとなく予想はしてたけど、兄貴は演劇部のみんなからたくさんチョコをもらってた。

てことで、普通のチョコでは兄貴はドキッとしないと思ったから、私はいろいろ考えた結果、メイドさんのコスプレをしてみることにした！

兄貴はまだ右腕が治ってないし、身の回りのお世話は引退式の日からずっとしてきたけど、メイドさんコスはどやってノリでやってみたら、兄貴、すっごく照れてた！

照れ顔兄貴、久しぶりでめっちゃカワイイー！

それで、つい調子に乗ってしまったのは反省……。

リボンで体をぐるぐるまきにしたのは作戦だったけど、まさか絡まるとは……。

あと、ここからは真面目な話。

上田先輩が、家を出ていっちゃったらしい……！

ひなたちゃんは電話で泣いてたし、兄貴もだいぶ心配してるしで、私もだいぶ焦った。

なにしてるの、上田先輩！

ひなたちゃんを悲しませちゃダメじゃないか！

お願いだから、ひなたちゃんを一人にしないであげて？

私のことは、チンチクリンって呼んでもべつにいいから！

とにかく急いで着替えて兄貴とひなたちゃんの家に急いだ。

てことで、この続きは、また落ち着いてから書きます！

あとがき

こんにちは、白井《しらい》ムクです。じついも五巻のあとがきを書かせていただきます。

今回は水着ありスポ根ありの元気いっぱいのお話でした。その流れの中で、晶《あきら》と涼太《りょうた》の絆《きずな》がさらに深まっていきつつ、涼太の過去にもう一歩踏み込んでいきます。

涼太は晶や友人たちと楽しく過ごしているのですが、いまだに母親の面影に苦しめられます。一方で、兄貴を支えたいという晶の頑張りにより、家族に寄りかかることも大切だということを学びました。今後は晶だけに集中したいという涼太ですが、果たして彼は過去から脱却できるのでしょうか？　それとも……。

また、四巻から登場のミステリアスな美少女・月森結菜《つきもりゆいな》の事情が明らかになっていきます。家族を大切にしたいという思いは涼太と同じものを感じます。今回涼太に助けを求めた結菜ですが、今後の物語にどのような影響を与えていくのでしょうか？　そしてラストは上田兄妹《うえだきょうだい》が――それぞれの「ハッピーエンド」に向けてもうひと波乱ありそうです。この先を書きたいと思いますので、ぜひこれからもじついもの応援をよろしくお願いします。

ここで謝辞を。

刊行が進むたびに感謝の言葉を贈りたい方が増えてきたこと、大変嬉《うれ》しく思います。

日頃から支えてくださっている担当編集の竹林《たけばやし》様並びにファンタジア文庫編集部の皆様、関係各所の皆様に、五巻刊行におきましてご尽力を賜り深く感謝申し上げます。

千種《ちぐさ》みのり先生には今回も素敵なイラストを描いていただけたこと、心より感謝申し上げます。これからも読者の皆様に喜んでいただけるものを一緒につくり上げていけたら幸いに存じます。

また、コミカライズでお世話になっております堺《さかい》しょうきち先生並びにドラゴンエイジ編集部の皆様にも厚くお礼申し上げます。二巻、今後のお話も楽しみにしております。

そして、陰ながら支えてくださる結城《ゆうき》カノン様、家族のみんなにも心より感謝を。いつも寄りかかってばかりですが、今後は支えられるように精進してまいります。

本シリーズを応援してくださる読者の皆様に心よりの感謝を。SNS等でじついも愛を感じるメッセージをいただきありがとうございます。いつも皆様に支えていただいている幸せをかみしめつつ、この場を借りて厚くお礼申し上げます。

最後になりますが、本作に携わった皆々様のご多幸を心よりお祈り申し上げます。

滋賀県甲賀《こうか》市より愛を込めて。

白井ムク

お便りはこちらまで

〒一〇二-八一七七
ファンタジア文庫編集部気付
白井ムク（様）宛
千種みのり（様）宛

富士見ファンタジア文庫

じつは義妹《いもうと》でした。5
～最近《さいきん》できた義理《ぎり》の弟《おとうと》の距離感《きょりかん》がやたら近《ちか》いわけ～

令和５年４月20日　初版発行

著者――白井《しらい》ムク

発行者――山下直久
発　行――株式会社KADOKAWA
〒102-8177
東京都千代田区富士見2-13-3
0570-002-301（ナビダイヤル）
印刷所――株式会社暁印刷
製本所――本間製本株式会社

ISBN978-4-04-074883-2 C0193

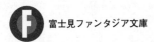

切り拓け！キミだけの王道
ファンタジア大賞
原稿募集中！
賞金
《大賞》300万円
《金賞》50万円 《銀賞》30万円
選考委員
細音啓「キミと僕の最後の戦場、あるいは世界が始まる聖戦」
橘公司「デート・ア・ライブ」
羊太郎「ロクでなし魔術講師と禁忌教典《アカシックレコード》」
ファンタジア文庫編集長
前期締切 8月末日
後期締切 2月末日
公式サイトはこちら！ https://www.fantasiataisho.com/
イラスト／つなこ、猫鍋蒼、三嶋くろね